～神様に無礼な人はこの私が許しません～
元シスター令嬢の身代わりお妃候補生活
2
狭山ひびき
ill.しんいし智歩

神様大好きな身代わり令嬢
セアラ（エルシー）
才色兼備なお嬢様へ
クラリアーナ

～3人でアップルケーキ作り～
心優しいお妃候補
イレイズ

「ずっと俺の側にいないか？」

元シスター令嬢の身代わりお妃候補生活

～神様に無礼な人はこの私が許しません～

2

狭山ひびき

ill.しんいし智歩

プロローグ

「ふん、ふふん、ふ〜んっ。ふん、ふふん、ふ〜んっ」

少し調子っぱずれた鼻歌が、雀《すずめ》の朝のさえずりに交じって聞こえてくる。

シャルダン国の王都にある城の裏手。

当代の若き国王フランシスの妃候補《きさき》が住まう王宮は、回廊でつながれた十三棟の建物だ。とはいえ、互いに回廊を使って行き来することはまずなく、回廊につながる扉は常に鍵がかけられている。これは、妃候補同士が問題を起こさないための措置だそうで、鍵の管理は女官長ジョハナが行っていた。

棟はそれぞれ二階建てで、小さな庭付きだ。

そこで暮らす妃候補には二人の侍女がつけられていて、彼女たちと一年間――、フランシスが正妃を決める一年後まで、合同生活を送るのである。

十三人の妃候補は、公爵令嬢を筆頭に、伯爵令嬢までが十三人――だったのだが、先月、アイネ・クラージ伯爵令嬢が脱落したため、現在は十二人だ。

脱落理由については公表されていない。

だが、国王の正妃選びの際は必ずこういった脱落者が出るというので、脱落したと聞いて驚く者は特にいなかった。

さて、その王宮の左の一番端。

城から一番遠い十三番目の棟には、一人の風変わりな妃候補が暮らしている。

城に一番近い最右側の棟で暮らすクラリアーナ・ブリンクリー公爵令嬢をして、「面白い方」と言わしめるその令嬢の名前を、セアラ・ケイフォードという。

ケイフォード伯爵家の一人娘なのだが、実は彼女には重大な秘密があった。

「グランダシル様、今日もピカピカでとっても男前です！」

そう言って、自ら磨き上げたグランダシル神の像を見上げてキラキラと青い瞳を輝かせるのは、その左の端っこに住まうセアラ・ケイフォード――ではなく、その双子の姉、エルシーである。

艶やかな銀色の髪に、十六歳という年齢の割には無邪気すぎる表情。質素なワンピースの上からエプロンを身に着け、雑巾を片手に握りしめる彼女の様子は、どう頑張ってもお妃候補には見えない。

実はエルシー、五歳のときに実の親から捨てられた孤児なのだ。

シャルダン国では双子は不吉とされている。

今では廃れつつあるその迷信めいた考えにより、父であるケイフォード伯爵は、娘が双子である事実を隠し、領内にある修道院にエルシーを捨てたのだ。

出生時に登録されていないため、戸籍上、ケイフォード伯爵とのつながりはない。

そんなエルシーの元に、本来であれば一生会うことはなかった父、ヘクター・ケイフォードがやってきたのはおよそ一か月半前、シャルダン国が初夏と呼べる時期にさしかかったころのことだった。

修道院でシスター見習いとして暮らしていたエルシーの元に訪れたヘクターは、エルシーに向かって、双子の妹のセアラの代わりに王宮に入るように命じた。

なんでも、セアラが猫を追いかけて階段から転げ落ち、顔に大きな痣《あざ》を作ってしまったという。

セアラの痣が治るまで「セアラ」として妃候補になってこいという無茶な命令に、もちろんエルシーは従う義理はなかった。

だが、血のつながりのある父親とはいえ卑怯《ひきょう》というかなんというか、修道院の寄付の打ち切りをちらつかせて脅迫してきたのである。

寄付金がなくなれば修道院は立ち行かなくなる。

仕方なく、エルシーはセアラの代わりに、王宮で暮らすことにした――のだが。

「ここのグランダシル様はとっても凛々《りり》しくてかっこいいわね！　世界で一番素敵だわ！」

王宮の左の端っこの棟のさらに左には、小さめだが素敵な礼拝堂が建っている。

ステンドグラス越しの朝日を受けてキラキラと輝くグランダシル神の彫像に、うっとりとため息をこぼすエルシーは、最近どうも「セアラ」の身代わりである自覚が薄れていた。

神様のお嫁さん――シスターになりたいと願い続けてきたエルシーだ。

シャルダン国では国教を定めていないのでグランダシル神以外にも神様は存在するが、エルシーが育った修道院は、この国で一番信仰者が多いグランダシル神を祀《まつ》るところだった。

ゆえにエルシーの言うところの神様は、グランダシル神を指す。

将来グランダシル神のお嫁さんになると決めて日夜信仰心を磨いてきたエルシーの神様愛は深く、周囲は若干――いや、かなり引き気味になるほどだ。

現にエルシーの後ろで礼拝堂の長椅子を拭いていた二人の侍女、ダーナとドロレスは頭が痛そうにこめかみを押さえていた。

シスター見習いとして修道院で過ごしていたころからのエルシーの日課「掃除」に付き合わされている二人は、毎朝こうしてエルシーがうっとりとグランダシル像を見上げるのに慣れてはいるが、さすがに「世界で一番素敵」というエルシーの言葉を聞き逃すことはできない。

「お妃様、お妃様が世界で一番素敵だと思う男性は陛下でなくてはなりませんよ」

「まったく、ここにはほかに誰もいませんが、発言にはお気を付けくださいませ」

ダーナとドロレスの小言に、エルシーは雑巾を手に振り返る。

「そうなのよ！　どうして誰もお祈りに来てくれないのかしらね？」

「人の話聞いてました!?」

どうして食いつくところがそこなんだと頭を抱える侍女二人に、エルシーがきょとんと首を傾《かし》げた。

「え？　ここにほかに誰もいないから困ったわねって話じゃなかったの？」

「……聞いていませんでしたね」

「お妃様は都合のいい単語しか聞こえない特技でもお持ちなのかしら？」

「逆だと思うわ。話を聞いていなくても、都合のいい単語だけは拾う耳をしているのよ」

侍女二人の嘆きにはもちろん気づかないエルシーは、雑巾をバケツに入れて洗ってしぼると、今度は床掃除開始である。

妃候補が床掃除――。見慣れた光景ではあるが、毎回楽しそうに掃除をするエルシーを見るたび、彼女がケイフォード伯爵令嬢「セアラ」と疑っていないダーナとドロレスは、心の底から「本当に変わっているわ……」と思うのだが、もちろんエルシーは変だと思われていることにすら気づいていない。

「ふん、ふふん、ふ～んっ」

再び調子っぱずれた鼻歌を歌いはじめたエルシーにため息をつきかけたダーナだったが、そこでハッとした。

「お妃様！　暢気《のんき》にお掃除をしていますが、今日出発なのを覚えていますか!?　あんまり掃除に時間をかけていられませんよ！　身支度をしないといけないのに……」

「身支度？」

床に這《は》いつくばったまま顔だけ上げると、ダーナが途端に眉を跳ね上げた。

「今日の午後から移動するとお伝えしたじゃないですか！」

「え？　え？　あ！　も、もちろん覚えているわよ！　お出かけするのよ！」

「……お妃様、どこに行くか覚えています？」

ドロレスがおっとりと頬に手を当てる。

エルシーは必死に脳の端っこ――興味のないことばかり詰め込まれている脳のゴミ箱の中を漁《あさ》った。

（ええっとええっとえええええええええっとぉ……）

あわあわしながら思い出そうと頑張って、エルシーはポンッと手を打った。

「そうそう、湖に水遊びしにいくのよ！」

「「違います！　ワルシャール地方にある王家の別荘です！」」

見事にダーナとドロレスの声がハモる。

「え？　でも、湖で陛下と水遊びしなくちゃいけないってクラリアーナ様が言っていた気がするんだけど……」

「それもあながち間違っていませんが、水遊びが目的ではありませんよ……」

そうだったかしら？　とエルシーは先日筆頭妃候補クラリアーナが、エルシーの部屋に遊びに来たときのことを思い出す。

『いいこと、エルシー様。今回の旅行では、絶対にエルシー様が陛下と一緒にボートに乗らなくてはいけませんのよ』

エルシーを「エルシー」だと知っているクラリアーナは、二人きりになった部屋で、神妙な顔で言った。

正直、ボートには興味はあるが、フランシスと一緒に乗らなくてはならないと言うのが解《げ》せずにいたエルシーに、クラリアーナはため息をついて、いかにフランシスと一緒にボートに乗ることが重要なことかを説いて伏せた。曰《いわ》く——

（セアラのためには陛下と仲良くならないといけないのよ！）

なんでも、フランシスとボートに乗るのは、妃候補たちの中でとても大きなアドバンテージらしい。

『エルシー様がグランダシル神が大好きなのはわかりましたけど、陛下にも同じくらい優しくして差し上げないと、セ、ア、ラ、様、が、困、り、ま、す、わ、よ』

エルシー的にはフランシスには充分友好的だと思うのだが、クラリアーナの目からすれば違うようだ。

確かに、クラリアーナとフランシスの間にある、ある種の気安さみたいなものは、エルシーとフランシスの間にはまだない。そう、エルシーはセアラの身代わりなのだから、クラリアーナと同じくらいにはフランシスと仲良くなっておかなくてはならないのだ。

単純なエルシーは、エルシーがセアラではなくエルシーだと知っているフランシス相手に、いくら仲良くしたところで「セアラ」の好感度が上がるわけではないということに気づいていない。

聡明《そうめい》なクラリアーナの言うことはきっと正しいのだろうという先入観のもと、ワルシャール地方でフランシスとボートに乗る――すなわち水遊びをするという目的だけがエルシーの脳に刻み込まれた。

結果、「湖で陛下と水遊び」ということだけ覚えていたエルシーは、今日から向かう場所のことなんてちっとも記憶していなかったのである。

(どこに行くにしても、陛下と仲良くして、水遊びすればいいと思うんだけど)

クラリアーナから言われたのはこの二つなのだから、この二つを頑張ればいいはずなのだ。

能天気なエルシーがそう結論づけると、その何も考えていなさそうな顔を見て侍女二人が再びため息をこぼしたが、掃除を再開したエルシーはもちろん気づかなかった。

◆

「何故《なぜ》こうなった……」

朝から慌ただしく準備されていく十三台の四頭立て馬車を前に、フランシスはもう何度目になるかわからない嘆きをこぼした。

整ってはいるがもともと神経質そうな顔をさらに気難しそうに歪《ゆが》めて、荷物が詰め込まれていく馬車をエメラルド色の瞳で睨《にら》んでいる。

「そんなに睨みつけたって、馬車は消えてなくなりませんよ、陛下……」

フランシスの隣であきれ顔をするのは、彼の側近アルヴィン・オーズリーだ。

「お前のせいだ」

「いやいや、責任転嫁はやめましょうよ！　陛下が迂闊《うかつ》にもボート遊びをすると口走ったから悪いんでしょうが！」

「お前が『楽しそうですね？』などと訊《き》かなければ答えなかった！」

「理不尽な！」

「ふん！」

フランシスは苛立《いらだ》ち紛れにアルヴィンに八つ当たりして、指先でこめかみをぐりぐりともみほぐした。

（こんなことになるなんて……）

思い出すのは一週間前のこと。

エルシーをワルシャール地方の別荘に誘って、フランシスは上機嫌だった。エルシーと別荘でのんびりして、ボート遊びをするのだ。わずらわしい妃候補たちからも解放されて、万々歳。

そんな、珍しく楽しそうなフランシスの様子に、子供のころからの付き合いであるアルヴィンが疑問を持つのは当然のことだった。

『楽しそうですね？』

アルヴィンの問いかけに、機嫌のいいフランシスは揚々と答えた。

執務室に、アルヴィン以外の文官がいたことにも気づかず、上機嫌でワルシャール地方に行き、妃候補の一人とボートに乗る予定だとこぼしてしまったのである。

フランシスが不運だったのは、そこに、妃候補の親戚の文官がいたことだろう。

フランシスが別荘に妃候補たちを連れて行き、そのうち一人をボート遊びに誘う予定だと、微妙にずれた解釈がされた噂《うわさ》は、瞬く間に王宮に知れ渡り――フランシスは、後に引けなくなったのだ。

（エルシーだけを誘おうと思っていたのに……）

噂を聞きつけたクラリアーナからもどういうことなのかと説明を求められて、渋々白状すると、彼女はあきれて言ったものだ。

『エルシー様だけを連れて行くなんて無理に決まっていますわ。もちろんわたくしも行きますし、全員連れて行くしかありませんわね。それに、ワルシャール地方の別荘へは、先代のときも、先々代のときも妃候補を連れて行っていますから、伝統だと思って諦めたらいかが？』

せめてクラリアーナの協力があればうまくいくかと思ったが、反対されてしまえばどうしようもない。

それに、言われてみれば、父のときも祖父のときも、その前の国王のときも、妃候補を連れてワルシャール地方の別荘に向かったという記録がある。妙な伝統などいらないが、フランシスのときだけ一人だけを伴って向かったという妙な前例は作りたくない。

（本命だけを連れていったなんて、変な解釈がされれば面倒だ）

忘れてはならないのは、エルシーがセアラ・ケイフォードの身代わりである点だ。

エルシーを特別扱いすれば、セアラが特別扱いされたと認識される。「セアラ・ケイフォード」が本命だと見られるのはさすがに困るのだ。

（エルシーをエルシーのまま王宮にとどめる方法はおいおい考えるとして……はあ、全員連れて行くのか……）

穏やかな気持ちで過ごすはずの休暇が、ストレスの塊になりそうだ。

「妃候補たちは問題を起こさないだろうな」

先日、王宮でアイネがひと騒動起こした後だ。アイネは王宮から追放されたが、彼女と同じように問題を起こす妃候補がいないとも限らない。

「ああ、その点なら大丈夫だと思いますよ」

アルヴィンが御者から馬車の点検結果を受け取りつつ、なんでもないことのように言う。

「今回の移動を、陛下からの試練という形にさせていただきました。問題を起こせば陛下に難ありと認識されると女官長を通して各妃候補に伝えてありますので、おとなしくしてるんじゃないですかね？」

「煽《あお》る人間が一緒に行くんだぞ。本当におとなしくしていると思うのか？」

「……クラリアーナ様がおとなしくしてくだされば、たぶん」

「あれがおとなしくするタマか！　無理に決まっているだろう！」

「そうですねえ……。はは、まあ、自分は行かないんで、頑張ってきてください」

伯父を宰相に持つアルヴィンは、今回は留守番でフランシスの代わりに事務仕事である。そのため、妃候補が騒動を起こしたとしてもその後始末に奔走する立場にないので気楽なものだ。

フランシスは薄情な幼馴染《おさななじみ》を睨んだ後で、再びむっつりとした視線を馬車へと向けた。

古いお城には幽霊が出るものです

ワルシャール地方は王都より南に馬車で三日ほど行った先にある、王家の直轄地の一つだ。王家の直轄地は国内にいくつか存在するが、それらはほとんどが世継ぎ以外の王の子らが管理を任される。ワルシャール地方もその例に漏れず、前王弟のスチュワートが管理していた。

管理といっても、たいていは管理人に任せきりで本人は報告を受け指示だけを出すのが普通だと聞くが、スチュワートは管理を任された十年前からワルシャール地方にある王家の別荘の古城に居を移し、積極的にその責務を全うしているという。

国王フランシスの父である前王とスチュワートは十二歳年が離れていて、彼は三十二歳とまだ若い。フランシスとも、叔父と甥《おい》というより年の離れた兄弟のような関係らしい。

「本当に一面ぶどう畑ね！」

エルシーは馬車の窓から外を眺めて、わくわくしながら言った。ワルシャール地方はワインの名産地だと、フランシスから聞いていたのだ。ぶどう畑が見えてきたということは、目的地である古城の別荘まであと数時間ほどで到着するだろう。

「ねえねえ、ダーナ、ドロレス、見て！　わたくし、ぶどう畑を見たの、はじめて！」

「わかりましたから、あんまり窓に張り付かないでくださいませ」

　べったり顔を窓に張り付けていたエルシーをダーナがそう言って少し引きはがす。

　窓外は一面、緑色の葉をつけたたくさんのぶどうの木々だ。時間がゆっくり流れていくような、のどかな雰囲気である。離れてから二か月も経《た》っていないのに、広がる畑を見ていたら、修道院が懐かしくなってきた。

　畑で作業していた人々が、皆一様に、驚いたように顔を上げてこちらを見ていた。

（それはそうよね、こんな大行列……もしわたくしがあそこにいたら、ぽかんと口を開けて見入っちゃうわ）

　そう。エルシーたちはワルシャール地方へ向けて移動中である。——エルシーたち、すなわち、フランシスの妃候補の十二人全員と、そしてフランシス本人。もちろん妃候補にはそれぞれ二人の侍女がついてきているし、フランシスの補佐官もいる。もっと言えば、護衛の数もそれなりだ。

（馬車が十三台に、その周りを護衛の騎士様たちが取り囲んでいたら、何事かと思うわよ）

　ずらりと並ぶ黒塗りの四頭立て馬車に、周囲を固める甲冑《かっちゅう》を身にまとった騎士たち。壮観だろうが、びっくりするのは間違いない。

　ちなみに、国王陛下が乗った馬車は先頭を走っている。エルシーの馬車は一番最後の十三台目なので、フランシスの乗った馬車はエルシーの馬車からは見えない。

（この旅行中に陛下と仲良くして、ボートに誘ってもらう！　よし、頑張ろう！）

セアラの痣が治るまでの身代わりであるエルシーは、おそらく来月の里帰りの期間に入れ替わることになる。エルシーの役目も今月までだ。セアラのために、フランシスと仲良くなっておかなくては。そうすれば、ヘクター・ケイフォードもエルシーが役目を全うしたと思ってくれるはずだ。

（頑張ったら約束通り修道院への寄付金を増額してくれるわよね？）

心配なのは、王宮の礼拝堂だが、女官長のジョハナに相談したところ、掃除は女官たちがしてくれると言っていたから安心だ。

（それに、ふふっ、別荘にも礼拝堂があるらしいもの！　そこのグランダシル様はどんなお顔をしているのかしら？）

面白いことに、グランダシル神の像の顔立ちは各地で異なるのだ。グランダシル神は様々な姿に化けることができると言われており、誰も本来の姿を知らないからである。

（礼拝堂があるなら、日課のお祈りは大丈夫だし、なんの心配事もなさそうだわ！）

残念ながら、礼拝堂の掃除はできないらしいけれど、それは致し方ないと諦めている。礼拝堂の掃除は古城の使用人の仕事だそうで、突然現れたエルシーが彼らの仕事を奪い取ってはいけない。

「お妃様、お茶をどうぞ」

ドロレスが、水筒から紅茶を注《つ》いで手渡してくれた。

「ありがとう、ドロレス！」

お茶を受け取ってお礼を言うと、エルシーは馬車の座席に置いている籠の中から、一切れずつ紙に包んで持ち運びしやすいようにしたアップルケーキを取り出して、ドロレスとダーナに差し出す。これはエルシーが尊敬してやまない、母代わりであり大先輩でもあるシスター・カリスタ直伝のアップルケーキで、エルシーのお手製だ。旅行中に食べようと持ってきたアップルケーキもこれで最後である。

三人でケーキを食べつつお茶を飲みながら他愛ない話をしていると、コンコン、と馬車の窓が叩《たた》かれた。

見れば、窓を叩いていたのはエルシーが密《ひそ》かに――本人にばれてしまっているから密かではないかもしれないが――トサカ団長と呼んでいる、焦げ茶色の髪と瞳をした第四騎士団の副団長クライドだった。ちなみにトサカ団長と命名するきっかけになった、トサカのような赤い毛のついた兜《かぶと》は、今日は被《かぶ》っていない。ちょっと残念である。

クライドはエルシーと視線が合うと、人差し指で前方を指した。古城へ到着する前に最後の休憩を取るそうだ。

エルシーが頷《うなず》くと、クライドはにこりと笑って離れていく。

休憩は十三台の馬車が停《と》められる広い場所を選んで取られるので、川べりか広い野原の前が多い。

少し行ったところに、流れは緩やかだが川幅の広い川があるそうなのできっとそこだろう。

エルシーは楽しみになってきた。

(タンポポの根を採取しなくちゃ)

エルシーの健康茶の一つであるタンポポの根のお茶のストックがなくなったのだ。王宮の庭にタンポポの種をまいて、芽は出てきたのだが、まだまだ小さいので引っこ抜いて根を採取することはできない。

エルシーがタンポポの根を持って帰ろうとハンカチを準備していると、気づいたダーナが額を押さえた。

「もしかしてまたタンポポですか？　……昨日も取ったと思いますけど」

昨日の休憩場所でもタンポポを発見したエルシーは、もちろんタンポポの根を採取していた。

ダーナは爪の間を泥で汚してまで地面を掘り返してタンポポの根を採取するエルシーが不満らしい。でも、ぶつぶつ文句を言いつつ、ダーナもドロレスも手伝ってくれるのだ。

エルシーは笑った。

「だってタンポポのお茶、便秘によく効くのよ」

「……はあ。わたくしたちの前なら構いませんが、お願いですから陛下の……いえ、殿方の前で『便秘』などとは口にしないでくださいね」

「どうして？」

「どうしてもです」

やれやれとダーナが息をついて、艶やかな黒髪を一つに束ねはじめた。ドロレスもその隣で、赤茶の髪を右サイドで緩くまとめている。なんだかんだ言って、今回もタンポポの根採取を手伝ってくれるようだ。

（二人とも本当に優しいわ！）

こんな優しい二人とも、あと二か月もしないうちにお別れかと思うと淋《さみ》しくなってくる。

ダーナもドロレスも、エルシーのことをセアラ・ケイフォードだと信じているから、二人の頭の中に「エルシー」は存在しない。双子であるセアラとエルシーの顔立ちは瓜二《うりふた》つなので、入れ替わってもきっと気づかれないはずだ。

この身代わりの任務が終われば、晴れて修道院に帰ることができるのに、ちょっぴり淋しいと思ってしまうのは、ダーナとドロレスと過ごす日々が楽しいからだろう。

休憩場所である川べりで馬車が停まると、エルシーたちはさっそく馬車から降りた。

妃候補たちの中には、馬車を降りずにゆっくりしている人もいる。ダーナによれば、フランシスが馬車を降りないから、馬車を降りる必要性を感じないのだそうだが、ずっと座っていてお尻や腰が痛くならないのだろうか。

んーっと空に向かって大きく伸びをして、エルシーはスキップでもしそうな足取りで川岸へ向かった。土手になっているところには、たくさんのタンポポの黄色い花や綿毛が、柔らかな風に揺れている。

（わあ、大量大量！）

休憩は三十分らしい。三十分もあれば、たくさんのタンポポが採集できるのではなかろうか。ほかの妃候補たちの休憩の邪魔にならないよう、三人で少し離れたところに向かい、せっせとタンポポを掘る。

一つ目のタンポポを掘り終えてふぅと息を吐きだしたとき、がさりと背後で音がしてエルシーは顔を上げた。

そこには、背が高くスレンダーな女性が日傘を差して立っていた。長く真っ直《ま》ぐ《す》な髪は柔らかなカスタードクリーム色で、瞳は濃い緑色。肌が浅黒いのは、異国の血が半分流れているからだと聞いた。彼女はフランシスの妃候補の一人であるベリンダ・サマーニ侯爵令嬢だ。王宮の部屋は右から三番目。つまり、十二人いる妃候補たちの中で三番目に身分が高いご令嬢である。

「……何を、なさっているの？」

ややハスキーな声で、不思議そうにベリンダが訊《たず》ねてきた。

ベリンダが着ているのは、襟の詰まったすっきりしたデザインのドレスだった。フランシスの命令で、妃候補たちは自分たちが着る服を自分たちで作るしかないのだが、ベリンダはもっぱら従妹《いとこ》であるもう一人の妃候補、ミレーユ・フォレス伯爵令嬢に作ってもらっているらしい。ベリンダとミレーユはとても仲がいいのだとか。

このあたりの事情は、すっかり仲良くなったクラリアーナ・ブリンクリー公爵令嬢からの情報だった。フランシスの協力者として妃候補たちの近辺を探っているだけあって、彼女はそれぞれの妃候補たちの情報に詳しい。

エルシーは掘ったばかりのタンポポを掲げて見せた。

「タンポポ採取をしているんです」

「……なんのために？」

「お茶にするんです。便秘によく効くんですよ」

「便秘……」

ベリンダの頬に朱が差した。彼女は日傘で顔を隠すようにして「頑張ってね」と言って足早に立ち去っていく。

「はい、頑張ります！　ありがとうございます！」

ベリンダに応援されて、エルシーはにこにこと笑いながら彼女に手を振った。そして二本目のタンポポに手を伸ばしかけたとき、また背後で足音が聞こえてきて顔を上げる。

今度は誰だろうと振り返れば、そこにはクラリアーナと、イレイズ・プーケット侯爵令嬢の姿があった。イレイズは、彼女に服の作り方を教えてほしいと頼まれて仲良くなった妃候補の一人である。

「またタンポポですの。精が出ますわね」

クラリアーナが泥のついたタンポポを見て苦笑する。相変わらずのゴージャスな金髪の巻き髪に、ざっくりと胸の谷間を強調するドレスを着ていた。この職人顔負けの豪華なドレスは、なんとクラリアーナのお手製だ。彼女には裁縫の才能があって、自分が着たいドレスを自分でデザインして仕上げている。最近はエルシーも彼女にドレスの縫い方を教わっていた。

「せっかく綺麗《きれい》な爪ですのに、傷ついてしまいますわよ」

そう言って困ったような顔をするのはイレイズだ。まっすぐな黒髪に黒い瞳の美人で、今日は半袖のワンピース姿だった。このワンピースは、エルシーが作り方を教えて、イレイズが一生懸命に縫ったもので、襟元やスカート部分には緻密な刺繍《ししゅう》が入っている。イレイズは裁縫が苦手だと言っていたが、教養として身につけたという刺繍の腕前は職人並みなのだ。

(うーん、爪ねえ?)

修道院で暮らしていたとき、エルシーの爪は短く切られていたけれど、王宮に来てからはダーナやドロレスが綺麗に整えてくれていて、今は少し長めだ。爪の間に土が入るので切りたかったが、それはダーナが許可してくれなかった。ちなみにスプーンをシャベルの代わりにしようとして怒られたので、仕方なく手で掘っている。

「爪はまた勝手に伸びてきますから」

「そう言う問題じゃなくってよ」

やれやれ、とクラリアーナが嘆息した。

「そうまでしてタンポポが欲しいんですの？」

「タンポポの根のお茶は便秘によく効くんですよ」

ベリンダに言ったのと同じことを言えば、クラリアーナはまあ、と頬に手を当てた。

「そうなの？　それは知らなかったわね」

ちらり、とタンポポに視線を向けたクラリアーナは先ほどと目の色が変わっていた。

「ちょっと欲しくなってきましたわ。月のものの前に、お腹《なか》の調子が悪くなりますのよね」

「クラリアーナ様もですか？　実はわたくしもなんです」

イレイズも頷き、それからあたりに生えているタンポポに視線を向けたあとで、自分の爪を見る。イレイズの爪は薄いピンク色に塗られていて、とても可愛《かわい》らしかった。

困ったように眉を寄せるイレイズに、クラリアーナが笑った。

「それならば適任がいるでしょう。少しお待ちくださいな」

クラリアーナはそう言って、川のそばで休憩を取っている騎士たちのもとへ歩いて行くと、二言三言何かを話して戻ってくる。

「彼らが頑張って掘ってくださるらしいですわ」

「本当ですか？」

見れば、先ほどまで川岸に座って喋《しゃべ》っていた騎士たちが、一斉にタンポポを掘りはじめていた。

「どんな魔法を使ったんですか!?」

「うふふ、男は使いようですのよ」

エルシーがびっくりしていると、イレイズがちらりと、クラリアーナの強調された胸元に視線を向けて、「なるほど」と何やら合点したように頷く。

「クラリアーナ様は罪作りな女性ですね」

「ブリンクリー家の女は、文字を習うより先に男の転がし方を学ぶのですわ」

本当だとしたらとんでもなく恐ろしいことを言って、クラリアーナは笑った。

◆

王家の別荘であるワルシャール地方の古城は、現在の王都の城に移り住む前の国王の居城だったそうだ。

というのも、現在の王都に遷都する四百年前まで、このワルシャール地方が王都であったらしい。

だからだろう。ここにたどり着くまでののどかな田舎の風景からは想像もつかないが、城のすぐ下に広がる街の建物は、古いながらも洗練されたものが多く、何よりきちんと区画整理されていて見た目にも美しかった。

古城の下に広がる街の、白い石畳が美しい中央通りを緩やかにカーブしながら進み、古城の広い前庭で馬車が停まる。

といっても、馬車は十三台もある。最前列の馬車から順番に降りていくことになり、最後尾のエルシーが馬車から降りられたのは、一台目の馬車に乗っていたフランシスが降りてから一時間半後のことだった。

城は三階建てで、エルシーは三階の西側の中ほどの部屋を与えられた。部屋は続き部屋で、エルシーが使う部屋とは別に、続き扉でもう一部屋と、そしてバスルームがある。メインルームをエルシーが使用し、続き部屋はダーナとドロレスが使うそうだ。

着替えなどの荷物を片づけ終わるころには、窓の外はすっかり夕焼け色に染まっていた。

妃候補たちは全員そろって、一階のメインダイニングで夕食をとる。夕食の席には当然のことながらフランシスとスチュワートもいて、妃候補たちは今夜の晩餐《ばんさん》の席でスチュワートに挨拶することになるらしい。

（それはね、事前に聞いたからわかってはいるんだけど……）

ご厄介になるのだから、古城の主であるスチュワートに挨拶はしなければならない。もちろん、エルシーもそれは理解している。――が。

「ねえダーナ、どうしてお風呂に入る必要があるの？」

「陛下と前王弟殿下と晩餐ですよ？　当たり前じゃないですか！」

荷物の片づけが終わると、なぜかエルシーはダーナとドロレスに追い立てられるように浴槽に押し込まれてしまった。全身をピカピカに磨き上げて、着飾らねばならないというダーナの気合の入れようはすさまじいものがある。助けを求めるようにドロレスを見ても、にこにこと微笑《ほほえ》むだけだ。だが、その圧がすごい。エルシーはダーナとドロレスの無言の圧力に閉口するしかなかった。

部屋に案内したメイドにダーナが浴室に湯を用意してほしいと頼んでいたので、浴槽にはすでに温かい湯が張られている。

これだけ大人数が一度に来たのでここで働く使用人の面々はさぞ大変な思いをすることになるだろうが、頼まれたメイドは嫌な顔一つせずに、にこりと微笑んで応じてくれた。栗毛《くりげ》で、頬に少しそばかすのある可愛らしいメイドだった。名前を聞いておけばよかったと思う。

「タンポポなんて取るから、爪に茶色い土がついてしまっているじゃないですか」

ダーナが泡立てたシャボンで一生懸命にエルシーの指先を洗いながらぶつぶつ言った。

タンポポだが、クラリアーナが騎士たちに頼んでくれたおかげで、びっくりするほどたくさんの根を採取することができた。クラリアーナが今後も騎士たちにタンポポを見つけたら引っこ抜いてエルシーに届けろと騎士たちに頼んでくれたので、今後は何もしなくてもエルシーの手元にタンポポの根が入ってくる。どうやら、クラリアーナもタンポポ茶に興味を持ったようで、出来上がったものを分けてほしいとは言われたが、エルシーと侍女二人だけでは消費しきれないほど集まったのでまったく問題ない。

「二、三日もしたら綺麗になるわよ」

「二、三日も待っていられません！　重要なのは今日の晩餐です！」

「なんで？　丁寧に挨拶をすればいいだけじゃないの？」

「違います！　もちろんご挨拶も重要ですが、それだけではないのです」

「フランシス陛下はスチュワート様とまるでご兄弟のように仲がよろしいのですわ」

ダーナに続いてドロレスが言ったが、フランシスとスチュワートの仲がいいからなんだと言うのだろう。

「仲がいいのはいいことじゃない？」

どこに懸念があるのだろうかとエルシーは首をひねる。

ダーナがシャボンを泡立てながら、物分かりの悪い子供に諭し聞かせるように続けた。

「つまりですね、スチュワート様には、お妃様に対して、いい印象をお持ちいただきたいのですよ。端的に申し上げますと、スチュワート様に気に入られれば、陛下へ口利きしてくださるでしょうから」

「ふぅん？」

　わかったような、わからないような。

　エルシーがわかったふりをして頷けば、ドロレスが苦笑した。

「簡単に申しますと、スチュワート様の中でのお妃様が好印象であればあるほど、フランシス陛下もお妃様に好印象を抱くということですわ」

「そういうものなの？」

「「そういうものです」」

「そ、そうなのね……」

　まだ腑《ふ》に落ちないものを感じるものの、エルシーはセアラのためにフランシスと仲良くしなくてはならない。

（お妃様候補って大変ね。……でも、セアラのために頑張らないと）

　ここでもエルシーは、エルシーがいくら頑張ろうとフランシスには「エルシー」の頑張りとしか認識されないだろうことには気づかない。少し考えればわかろうものだが、単純なエルシーは、自分の頑張りがそのままセアラの評価につながると思い込んでしまっているのだ。

　ダーナがエルシーの爪の汚れをどうにかしようと頑張っている間に、ドロレスがエルシーの銀髪を丁寧に洗っていく。

王宮の風呂ではエルシーは基本的に一人で入る。修道院では、大きな風呂に数人がまとめて入るのが普通だったので、人に裸を見られることには慣れているけれど、こうして風呂の手伝いをしてもらうのはちょっとくすぐったい。

風呂で全身を丁寧に洗われたあとは、ドレスに着替えて、化粧タイムだ。

今日のドレスは、クラリアーナに教わりながらエルシーが作ったライムグリーンのドレスである。

クラリアーナのように胸が大きくないので、胸元は開いていないが、代わりに肩甲骨が見えるほどに背中が開いている。ドロレスによると、エルシーは背中のラインがとても綺麗なのだそうで、それを強調するために髪はすべて結い上げるらしい。

ドロレスが髪、ダーナが化粧と、素晴らしい連係プレイでエルシーが別人のように着飾られていく。

一時間かけて支度が完成すると、晩餐にちょうどいい時間だった。

「今日の晩ご飯は何かしら？　ダーナ、知ってる？」

「さすがに存じ上げません。それに、わたくしたち侍女はサブダイニングで食べることになっておりますから、お妃様方とメニューは違うと思います」

「え？　一緒じゃないの!?」

「ええ。陛下とスチュワート様、お妃様方はメインダイニングで晩餐となります。わたくしたちとは別の部屋ですわ」

てっきりダーナとドロレスも一緒に食べると思っていたのに、侍女は部屋が違うという。

（一緒だと思ってたのに……）

みんなでわいわいと楽しい食事を想像していたエルシーは、しょんぼりとうなだれた。

「じゃあわたくしは誰とおしゃべりしながら食べればいいの？」

「もちろん陛下ですわ」

エルシーはフランシスの顔を思い浮かべた。フランシスはほかの妃候補がいるときはツンツンしていて、口数が少ない。

（女性が苦手みたいだし、無理だと思うわ）

二人きりのときは普通におしゃべりしてくれるが、大勢の妃候補——女性がいる晩餐の席では無理に決まっている。ダーナとドロレスには悪いが、エルシーは早々にフランシスとの会話を諦めた。スチュワートと仲良くしろと言われたので、彼に話しかけよう。うん。

メインダイニングまでついてきてくれるというので三人で一緒に廊下に出ると、ちょうど奥の部屋からオレンジ色の髪をした細身の女性が、二人の侍女を連れて歩いてくるところだった。妃候補の一人、ミレーユ・フォレス伯爵令嬢だ。王宮では右から九番目の部屋が与えられている。

エルシーが一番身分の低い妃候補なので、こういう場合はミレーユに道を譲らなければならない。

立ち止まって頭を下げると、ミレーユがふとエルシーの前で立ち止まった。どうしたのか顔を上げると、ミレーユが茶色の瞳でエルシーを睨みつけている。

「いい気にならないことね」

「え？」

「クラリアーナ様やイレイズ様に取り入って陛下に近づこうという魂胆なのでしょう？　まったく、これだから田舎の伯爵家の者は嫌なのよ。なんて言うのかしら、そう、意地汚いって言うの？　どうしてあなたみたいな人が妃候補の一人なのかしらね。ああ嫌だわ」

「…………」

エルシーはぱちぱちと目をしばたたいた。ミレーユの顔は見たことがあるけれど、話したのは今日がはじめてだ。はじめて口をきいた日にあからさまに嫌悪感をあらわにされれば、それは戸惑う。

（えぇっと……もしかしなくてもわたくし、嫌われているのかしらね？）

エルシーはクラリアーナやイレイズと仲良くしたいが別に取り入ろうとはしていないし、ましてやフランシスに近づこうなどしていないが——というかアップルケーキが気に入ったフランシスは呼んでもいないのに勝手に来る——、それを否定する間もなく、ミレーユはツンと顎を反らして歩いて行った。

ミレーユと二人の侍女が立ち去るまで頭を下げて見送っていたダーナとドロレスが、彼女の姿が見えなくなった途端に、「なんなんでしょうか、あれ」と口を尖《とが》らせる。

「人のことをとやかく言う前に、ご自身の行動を反省された方がよろしいでしょうに！」

「ご自身の行動？」

「あの方、ここに来るまでに、宿や休憩場所で陛下に付きまとっていたのですわ。ほら、陛下が途中から休憩時間にも馬車からお降りにならなくなったでしょう？　あれはあの方がしつこく付きまとったからですわ」

言われてみれば、最初のころはフランシスも休憩中に馬車から降りていた気がする。途中から休憩中も馬車にこもりっきりになったけれど、なるほど、ミレーユに付きまとわれて嫌気がさしたらしい。

「その通りですけど、廊下ではあまり口には出さない方がよろしいですわね」

ふふ、と小さな笑い声がしたので振り返れば、奥からクラリアーナがこちらへ歩いてくるところだった。

（そうだった！　クラリアーナ様がいたわ！　クラリアーナ様とおしゃべりすればいいのよ！）

エルシーの頭の中からスチュワートの存在が転がり落ち、目の前の大好きなお友達一色に染まる。クラリアーナと晩餐。楽しそうだ。

クラリアーナは三階の西の奥の、一番広い部屋を使うことになったようだ。東の部屋と西の部屋と好きに選べたそうだが、クラリアーナが西を選んだのは、その部屋の窓から、少し離れたところにある湖が見えるからだという。

「ダイニングへ行くのでしょう？　一緒に行きましょう。わたくしはセアラ様と一緒に行くから、リリナとサリカは、ダーナたちとサブダイニングに向かってくれて構わなくてよ」

クラリアーナが一緒にいた自分の侍女二人に声をかける。ダーナたちも、クラリアーナが一緒なら大丈夫だろうと、彼女の指示に従ってサブダイニングへ向かった。

クラリアーナは楽しそうに、エルシーの手を取って歩き出す。

「うふふ、もしミレーユ様の言動で腹立たしい思いをすることがあれば、わたくしにおっしゃってくださいな。フォレス伯爵家の事業にはわたくしのブリンクリー公爵家も出資していますのよ。だから、あの方はわたくしには逆らえませんの。事業から手を引くと脅せば、二度と生意気な口はきかなくなると思いますわ」

「え!?　い、いえ、大丈夫です！」

相変わらず、笑顔で恐ろしいことを言う人だ。エルシーがぶんぶんと首を横に振ると、クラリアーナはくすくすと笑いながら「そう？」と小首を傾げる。

「それはそうと、そのドレス素敵ですわね。あれから裾に手を加えたのね。これは……なんの花かしら。可愛らしい刺繍ですわ」

「クロッカスです。いろんな色がある花なんですけど、せっかくだから白とオレンジを交互に入れてみました」

クロッカスは修道院の門の近くに植えっぱなしになっていて、毎年どんどん球根が増えているから、今では春になるとまるで花の絨毯《じゅうたん》のように一面に色とりどりの花を咲かせてくれる。ツンツンとした細い葉っぱと、ころんと可愛らしい花の、背の低い植物だ。

クラリアーナと他愛ない話をしながら階段を下りてメインダイニングへ向かうと、すでに大半の妃候補たちが集まっていた。

どうやら夕食の席はフランシスとスチュワートの席こそ決まっているがあとは自由らしい。フランシスやスチュワートはまだ来ていなかったが、彼らの席に近い席は皆埋まっていた。

「あら、もう少し早く来ればよろしかったかしらね」

そう言いながら、クラリアーナがフランシスの近くの席に座っている妃候補たちに流し目を送る。

びくり、と彼女たちが肩を揺らしたのを見て、クラリアーナがくすりと笑った。そして、無言でエルシーを見る。

（たぶん、あっちに行きたかったらほかのお妃様候補たちを追い払うわよ、って言いたいんだと思うわ……）

クラリアーナにはほかの妃候補たちを追い払う度胸も迫力も身分もある。彼女がどけと言えば、ほかの妃候補たちは席を立つしかない。もしそれでも席を立たない妃候補がいれば、容赦なく口でやり込めるだろう。クラリアーナは味方にはすごく優しいが、敵には容赦ない人だ。

（クラリアーナ様が本気であちらの方を追い払う前に……あ！）

クラリアーナの注意を引きつけるものはないかと視線を巡らせたエルシーは、長いダイニングテーブルの端――フランシスたちから一番遠いところにイレイズが座っているのを見て、ぱあっと顔を輝かせた。

「クラリアーナ様、イレイズ様です。わたくし、イレイズ様の近くがいいです！」

「あら本当。……それでは、わたくしも今日のところはあちらに行きましょう」

クラリアーナがフランシスやスチュワートの席の近くを諦めたとわかり、ほかの妃候補たちがホッと胸を撫《な》でおろしたようだ。

フランシスとスチュワートから遠い席なので、ダーナとドロレスの「仲良く」という期待には応えられないだろうが、これは不可抗力だ。

イレイズの左右両隣が空いていたので、クラリアーナとエルシーがそれぞれそこに座ると、イレイズが苦笑した。

「見ていて冷や冷やしましたわ」

「あら、わたくしが近くにいた方が陛下も落ち着いて食事がとれるでしょう？　配慮というものですわ」

クラリアーナがわざと大きめの声で言う。

クラリアーナはフランシスの協力者で、妃候補たちを挑発したりしながら、彼女たちの内面などを探っているのだが、それを知っていてもエルシーは焦ってしまう。そういう役目だから仕方がないのだろうが、クラリアーナはわざと敵を作って回るようなことをするのだ。

「隣、よろしいですか？」

少し低めの声が聞こえたので顔を上げれば、エルシーの隣にベリンダ・サマーニ侯爵令嬢がいた。彼女は今来たようだ。

「はい、もちろんです」

エルシーが笑顔で頷けば、ベリンダが綺麗な深緑色の瞳を細めて微笑み返す。

「タンポポはたくさんとれましたか？」

ベリンダはまるで、湖底のように静かで抑揚のない声で話す人だ。

「ええ、すごくたくさんとれました。今、部屋の出窓のところで干しているんですよ！」

「……出窓で、タンポポの根を……」

ベリンダが目を丸くして、それからくっと小さく吹き出す。

「ごめんなさい……想像したらおかしくって。確かそこには花が飾られていたはずですけど……」

「花瓶なら、別の場所に移動しました。あそこが一番日当たりがよかったので」

「そ、そうですか……日当たり……ふ、ふふふ……」

何がおかしかったのか、ベリンダは肩を揺らして笑う。

エルシーがきょとんと首をひねっていると、反対隣のイレイズとクラリアーナがあきれ顔を浮かべた。

「出窓であの根を干しているんですの？　よく侍女たちが許しましたわね」

「え？　出窓でタンポポの根を干したらダメなんですか？　でも、ダーナたち、ダメって言いませんでしたよ？」

ダーナとドロレスは嫌そうな顔をしたけれど、馬車の中でも座席にタンポポの根を広げていたからか、出窓にタンポポの根を干しはじめたときも二人はダメとは言わなかった。止められなかったのだから大丈夫なはずだ。

すると、クラリアーナは疲れたように額に手を当てる。

「きっと、二人はもう諦めているのでしょうね……」

「ふふふ、もしかしたら、王宮での一番の苦労人はセアラ様の侍女たちかもしれませんわね。今ごろ、くしゃみをしているのではないかしら？」

クラリアーナに続き、イレイズまでそう言って笑う。

エルシーはきょとんとした。

「くしゃみ？　もしかして、ダーナとドロレス、風邪を引いたんですか？　さっきまで元気そうだったんですけど……」

首をひねるエルシーに、クラリアーナとイレイズは困った顔をして、どちらともなく苦笑を漏らした。

◆

翌朝、エルシーは古城の隣にある礼拝堂へ向かうことにした。

昨日の栗毛のメイドはララと言う名前で、エルシーの部屋の専属メイドだそうだ。礼拝堂について訊ねたところ、朝の掃除が六時に終わってそこから夕方の五時まで開放されているという話だった。

妃候補たちは、朝食と昼食は各自部屋でとるようにとフランシスの命令なので、朝食の支度で慌てる必要はない。エルシーが掃除の終わる六時を見計らって礼拝堂へ向かおうとすると、ダーナが一緒に行くというので、彼女と一緒に部屋を出た。

初夏と呼べる季節は終わろうとしているが、朝は少し肌寒い。特にこの古城は山を切り開いて建てられているので標高が高いところにあり、暮らしていた王宮よりも気温が数度低いような気がした。

ひんやりとした風が頬を撫でて、エルシーは羽織っていたストールをぎゅっと握りしめる。昼になると暖かくなるからと、半袖のワンピースを着たのは失敗だったかもしれない。

古城の裏手の山を見上げれば、朝靄《あさもや》がかかっていた。

「なんだか神聖な感じがするわね」

エルシーが城の奥の山を見ながら言えば、ダーナがエルシーの視線を追って頷く。

「霊峰ですからね」

「霊峰？」

「この地には、グランダシル神とは別に、戦女神《ヴァルキュリア》が住んでいるのです」

「戦女神《ヴァルキュリア》？」

エルシーの知る神様はグランダシル神ただ一柱だけだ。戦女神《ヴァルキュリア》という名前は聞いたことがない。だが、宗教の自由を許しているシャルダン国にはほかにも神様がいることは知っていた。

「わたくしもあまり詳しくはありませんが……この国がまだ二つの国だった数百年前の時代に、国を統一した初代国王がこの山に住むと言われている戦女神《ヴァルキュリア》に祈りを捧《ささ》げたそうです」

「ふぅん？　じゃあ、古い神様なのね。どのくらい昔からこちらに住んでいらっしゃる神様なのかしら」

「存じ上げません。なんの資料も残っていないそうです。この地に昔から住んでいる方にお聞きすれば何かわかるかもしれませんが……、もう何百年も前のことなので、口伝で語り継がれているかどうかも……」

「そうなのね。それにしても、ダーナは物知りなのね」

「わたくしの家庭教師だった女性が、歴史に詳しい方だったのです。授業の合間に昔話を聞かせるようにしていろいろ教えてくださったのを覚えているだけなので、人より多少知っている程度ですよ」

修道院で暮らしていたときに、院長であるカリスタに、この国にグランダシル神の信仰がなかなか根付かないのは、各地にそれぞれ土地神がいたからだと聞いたことがある。それらの神はその土地土地の人たちの心に深く根付いていて、礼拝堂などなくても風や土、木や水などに神の息吹を感じながら生きているから、なかなかグランダシル神が信仰されないのだと。

信仰を強制しないというカリスタの教えがあるから、もちろんエルシーもそれについては何も不満には思わない。

どうやらこの霊峰に住むと言われる戦女神《ヴァルキュリア》も、この土地で信仰されている土地神なのかもしれなかった。

城の隣の礼拝堂の重厚な扉を開くと、中は外よりもさらにひんやりとしていた。左右に五つずつ長椅子が並び、祭壇の奥にはステンドグラス。どこの礼拝堂も大きさこそ違えど、同じような造りだ。

扉から祭壇までは細長い緋色《ひいろ》の絨毯が伸びていて、エルシーは祭壇前に跪《ひざまず》くと、両手を組んでグランダシル神に祈りを捧げる。

ダーナもすっかりお祈りには慣れて、エルシーの斜め後ろで同じように祈りを捧げてくれた。

時間にして十分ほどの祈りを捧げたあと、エルシーが帰ろうとしたとき、礼拝堂の扉が開いてフランシスが入ってきた。

ダーナがさっと礼を取ったので、エルシーもならって頭を下げる。

「少し外してくれ」

てっきり二人とも出て行けと言われたのかと思ったが、フランシスはダーナにだけ言ったようだ。エルシーにはこちらに来いと、一番祭壇に近いところの長椅子に座るように促す。

何か用事なのかと思ったが、ダーナが出て行った途端、フランシスがごろんとエルシーの膝を枕に寝転がった。

「陛下？」

「しー！　少しばかりここで休ませてくれ。ここに来てからというものずっと追い回されて疲れたんだ」

それはわかったが、何故エルシーの膝を枕にするのだろうか。

フランシスを追い回しているのは十中八九、妃候補たちだろう。王宮で生活していても、フランシスはちっとも妃候補たちに会いに行かない。だから、このチャンスにフランシスに近づきたくて仕方がないのだと思う。特に、フランシスは今回の旅行で、一人の妃候補をボートに乗せるらしいから、誰もが皆、その特権を得ようと必死なのだ。

（あれだけの女性に追いかけ回されたら大変よね……）

エルシーはフランシスに同情して、彼の艶やかな黒髪を遠慮がちに撫でてみた。

「慰めてくれるのか？」

「ええっと、お嫌でした？」

修道院の子供たちは、疲れたり落ち込んでいるときに頭を撫でて慰めてやると喜ぶのだが、大人の男性であるフランシスに同じ扱いをするのはまずかったかもしれない。

エルシーは手を引っ込めようとしたけれど、フランシスがエルシーの手首を摑《つか》んで押しとどめた。

「続けてくれ。気持ちがいい」

よかった。嫌ではなかったらしい。エルシーはホッとして、ゆっくりとフランシスの頭を撫でる。

「俺は女が嫌いだと、前に言ったことがあるか？」

「いいえ。あの……お嫌いなんですか？」

フランシスの妃候補たちへの態度から、女性が苦手なんだろうなとは思っていたが、嫌いと断言してしまうほどだとは思っていなかった。

「お前は別だ。それに、女だからという理由で拒絶するわけでもない。だけど……昔、嫌なことがあってな、どうも女が信用できないんだ」

エルシーはその告白にもさほど驚かなかった。フランシスの行動や視線の動きから察せられる部分は多かったからだ。

（女性が苦手なのに追い回されたら、それは疲れるわよね。可哀《かわい》そう……）

エルシーはフランシスに同情した。女性が苦手でも、国王である以上は妃を娶《めと》ることは避けては通れない。いずれは、今いる十二人の妃候補たちの中から誰かを選んで正妃に据えなくてはならないだろう。正妃との間に子供ができなければ、さらに側妃を娶ることも強要される立場だ。

女性が苦手なフランシスが、心から信頼できて、愛することができる女性が彼の妃になってほしいと思う。祈ることしかできないけれど、エルシーはそっと目を閉じて、礼拝堂の最奥にあるグランダシル神の像に祈りを捧げた。

（どうか、陛下が心から愛する女性と幸せになれますように……）

エルシーが祈っていると、フランシスが突然、ニヤリと少し意地の悪い顔で笑った。

「そう言えば、この古城の噂を知っているか？」

「噂ですか？」

「ああ。この城は何百年も前に建てられたもので、歴史書によるとここでは何度も血なまぐさい事件が起こっていたらしい。……だからな。出るんだ」

「出る？」

「幽霊だよ。夜になると、古い甲冑を着た騎士が、城の廊下を音もなく彷徨《さまよ》うのだそうだ。どうだ、怖いだろ……ん？」

ニヤニヤ笑っていたフランシスだが、ふと訝《いぶか》しそうに眉を寄せた。

エルシーはキラキラと瞳を輝かせた。

「幽霊ですか!?　まあ！　それは素敵ですね！　わたくし、まだ一度も幽霊を見たことがないんです!!」

「…………」

「幽霊と言うのは、この世に未練を残して死んでいった方なのですよね？　きっとその騎士の幽霊も何か未練があるのでしょうね。もし遭遇することがあれば、わたくし、僭越《せんえつ》ながら騎士の未練を晴らすお手伝いをして、無事に神様の国へ行けるようにご協力したいと思います！」

これぞ、シスター見習いの腕の見せ所だ。エルシーは彷徨う甲冑の幽霊を想像してわくわくと胸を高鳴らせる。

「……………エルシー、お前、お化けが怖くないのか？」

「怖い？　どうしてですか？　元は同じ人ですもの、生きているか死んでいるかの違いでしょう？」

エルシーがきょとんと言えば、フランシスは苦虫をかみつぶしたような顔をした。どうしてそのような表情をするのだろう。

「生きているか死んでいるかの違いか……お前は変わっているな」

「そうですか？」

「ああ。普通、女ならば怖がってわーきゃー騒ぐところだろう？」

面白くなさそうな顔をしているから、もしかしなくともフランシスはエルシーが騒ぐことを求めていたのだろうか。

しかし、人は死ぬとグランダシル神の住まう天上世界へ行くと信じているエルシーにとって、生者と死者は、肉体があるかないかの違いでしかない。死んだ人の魂が化け物に変化するわけでもないから、肉体が滅びてもその人の人格に大差はないだろう。恐れる理由がわからない。

不思議そうな顔をしているエルシーにこれ以上何を言っても無駄だと判断したのか、フランシスは気を取り直すように一つ咳《せき》ばらいをして話題を変えた。

「アップルケーキがもうないな」

「そう、ですね。それほど日持ちがしないので、道中に食べきれる分しか持ってきていませんでしたから」

エルシーが食べようと作って持ってきていたアップルケーキだが、フランシスにも渡してあった。彼はアップルケーキが好きで、エルシーが「セアラ・ケイフォード」ではないことを秘密にする代わりに、アップルケーキを欲しがったので、彼には定期的にアップルケーキを届けている。

「ここのキッチンを使えれば作りますけど……さすがにそれは問題ですよね？」

アップルケーキはエルシーの秘密を黙ってくれることへの交換条件なので、もちろん望まれれば作るけれど、古城のキッチンを勝手に借りるわけにはいかないだろう。

フランシスは少し考えて、使っていい時間があるかどうか聞いてみようと言った。この顔は多少の無理も押し通す気だ。そうまでしてアップルケーキが食べたいらしい。

(陛下ってば、本当にアップルケーキになると途端に食いしん坊さんになるのよね!)

カリスタ直伝のレシピなのだから美味《おい》しいのは間違いないが、ちょっとの間も我慢できないほどなのかとおかしくなる。

「ふう、少しは休憩できた。助かった」

これ以上、外でダーナを待たせておくわけにはいかない。フランシスが身を起こしたので、エルシーは立ち上がった。一緒に出るところをほかの妃候補たちに見られたらうるさいらしいので、先に礼拝堂を出ることにする。

「キッチンについてはまた連絡する。……ああ、エルシー、たまにでいいから、こうしてまた休憩させてくれると助かる」

去ろうとしたエルシーの手を掴み、フランシスが少し照れたような表情を浮かべた。

「それはもちろん、わたくしなんかでよければいいですけど……」

膝枕がそれほどお気に召したのだろうか?

(もしかして、枕が硬いのかしら? 今度、太ももと同じくらいの硬さの枕を作ってプレゼントしてあげたら、喜んでくれる?)

材料を何にするかが問題だが、これは名案かもしれない。

「陛下、今度枕を作ってプレゼントしますから、楽しみに待っていてくださいね!」

「は? 枕?」

「じゃあ陛下、お疲れのときに涼しいところに長居したら体調を崩してしまうかもしれないので、お祈りもほどほどにしてくださいね!」

もちろん心を込めてのお祈りは嬉《うれ》しいが、風邪を引くほど熱心でなくてもグランダシル神は許してくれるはずだ。

目をぱちくりさせているフランシスには気づかず、エルシーはどんな枕を作るかで頭をいっぱいにしながら礼拝堂をあとにした。

◆

エルシーが出て行くと、フランシスは再び礼拝堂の椅子に寝そべった。

エルシーが最後に口走っていた枕というのは聞かなかったことにする。エルシーは時々意味不明なことを言うが、考えたって理解が及ばないのだから無駄なのだ。

「はー……こんなはずじゃなかったんだがな」

はーっとついた長いため息が、礼拝堂の高い天井に吸い取られていく。

本当ならばここへは、エルシーだけを伴ってやってくるつもりだった。王宮のことはクラリアーナと女官長のジョハナに任せておけば問題ない。エルシーはクラリアーナとイレイズと仲が良く、頻繁に会っているようだったが、ほかの妃候補たちとはさほど交流がない。こっそり連れ出せばばれないと思っていた。

(はあ、考えが甘かった)

エルシーだけ連れて行くなら、数日間の滞在ですんだが、妃候補全員を連れて行くとなるとそうはいかない。クラリアーナが言った通り、父の代も祖父の代もここで妃候補たちと過ごしている。記録によればおおよそ二週間ばかりの滞在だった。これだけの人数を連れて、フランシスのときだけとんぼ返りともいかないのだ。

気分転換のつもりの旅行だったのに、これでは気分転換になるはずがない。道中と昨日の時点で、フランシスはすでにぐったりしていた。妃候補たちは、フランシスのボート遊びの相手に選ばれたくて必死なのだ。目の色を変えて追い回してくる。うんざりだ。

(俺はエルシーとボート遊びをする予定なのに)

だが、ここでそれを言うと、妃候補たちがエルシーを標的にしかねない。ここでの二週間、エルシーが穏便に過ごすために、フランシスは「まだ誰をボートに誘うか決めていない」体で、ひたすら我慢するしかなさそうだ。

「ここにいたんですか」

声がしたので上体を起こせば、三十前後の男が礼拝堂に入ってくるところだった。クライドが所属している第四騎士団の団長コンラッドである。いつも一つに束ねている、肩をいくらかすぎたくらいの長さの灰色の髪を今朝は無造作に背中に流し、帯剣はしているが、甲冑ではなく黒いシャツとトラウザーズ姿だ。ここにいる間、騎士たちには重たい甲冑を身に着けなくていいと言ってあるので、皆、楽な格好をしているのである。

「クライドが腹を空《す》かせて探していましたよ」

「ああ……そう言えば、朝食を一緒にとることにしていたか」

フランシスは朝はあまり食欲が出ないため、すっかり忘れていた。

起き上がったフランシスは、コンラッドが左手に根ごと引き抜いたタンポポを握りしめていることに気が付いて首をひねった。

「それは？」

「ああ。これですか」

コンラッドは苦笑した。

「これはお妃様……ケイフォード伯爵令嬢が必要としているそうなのです」

コンラッドによれば、エルシーがタンポポの根を欲しがっているのだそうだ。そのため騎士たちはタンポポを見つけたら引き抜いて、その根をエルシーに届けるようになったらしい。最初はクラリアーナの頼みでタンポポを掘り返していたらしいのだが、エルシーがお礼にと騎士たちにレーズンクッキーをふるまったところ、それがすっかり気に入った騎士たちは、率先してタンポポを引き抜くようになったという。どうやらエルシーは、食欲旺盛な騎士たちを、いつの間にか餌付けしてしまったようだ。

しかしまさかコンラッドまでほかの騎士たちと同じ行動を取るとは思わなかった。

「ほかはともかく、お前までタンポポ採集とは驚いたな」

「好きなんですよ、レーズンクッキー。特にケイフォード伯爵令嬢の作るクッキーは美味《うま》いので」

「……ふぅん」

なんだか面白くなくて、フランシスはコンラッドが握っているタンポポを睨みつける。

(レーズンクッキーは俺も食べたことがない)

フランシスがアップルケーキばかり欲しがるから当然だが、フランシスが食べたことがないエルシー手作りのお菓子を、さも当たり前のように騎士たちが口にしているのが気に入らない。

コンラッドは引き抜いたばかりのタンポポを洗って戻ると言うから、フランシスは彼と途中で別れて城へ戻った。

するとフランシスの部屋で朝食が出てくるのを待っていたはずのクライドが、可愛らしい薄ピンクの袋を片手に持ち、夢中で何かを食べている。

「あ、遅かったですね、陛下」

「何を食べているんだ？」

「これですか？　これはレーズンクッキー……」

レーズンクッキーと聞いた途端、フランシスは素早くクライドの手から薄ピンクの袋を奪い取った。

「あ！　何するんですか！」

「うるさい。これは俺がもらう！」

「はい!?　それは俺がタンポポのお礼に――って、あーっ！」

取り返される前にフランシスが袋の中身をすべて口の中に詰め込むと、クライドが悲鳴を上げた。

「なんてことするんですか！」

「むぐぐぐ」

口いっぱいのクッキーを咀嚼《そしゃく》しながら「うるさい」と言ったが言葉にはならなかった。

使っているレーズンをラム酒漬けにしていたのか、バターの風味に混じって少しだけラム酒の香りが鼻に抜ける。

（うまっ）

騎士たちがクッキー目当てにこぞってタンポポを採集するわけだ。フランシスもタンポポ採集がしたくなってきた。

クライドがじっとりと睨みつけてくるが知らん顔をして、フランシスはベルを鳴らして朝食の準備をするようにメイドに頼む。

「そういうのが暴君のはじまりなんですからね」

クッキーごときで暴君にされてたまるか。

ごくんと口の中のクッキーを飲み下したフランシスは、キッチンを借りる算段が付いたら、アップルケーキのほかにレーズンクッキーも焼いてもらおうと、勝手に決めた。

◆

フランシスはその日のうちに古城のキッチンを借りる許可をもぎ取ってきた。

時間は夕食後の片づけが終わった夜の八時からになってしまうと、フランシスは申し訳なさそうな顔をしたけれど、それは別に構わない。

アップルケーキのほかにレーズンクッキーも欲しいとフランシスが言っていたが、騎士たちがタンポポの採集を頑張ってくれるおかげで手持ちのクッキーがなくなったので、ちょうどよかった。

夜にお菓子を作ると言えば、イレイズとクラリアーナも一緒に作りたいと申し出てきたので、エルシーは三人で一階にあるキッチンへ向かった。

材料は自由に使っていいという大盤振る舞いである。

キッチンは広いし、オーブンも大きいので、一度にたくさん作ることができそうだ。

エルシーは先にアップルケーキから取りかかることにした。焼くのに時間がかかるからだ。

アップルケーキの生地の準備にかかる前に、クッキー用のレーズンをラム酒に浸しておく。

リンゴの皮むきを開始すると、しゅるしゅると手際よく皮をむいていくエルシーの手元に、イレイズとクラリアーナの目が釘付《くぎづ》けになった。

「まあ、器用ですわね」

「本当ですわ。皮が途中で切れずに一本に……職人技ですわ」

リンゴの皮むきでここまで感動されるとは思わなかった。

「わたくしも何かしたいですわ」

「ええ。リンゴの皮むきくらいなら……たぶん、なんとか」

キラキラと目を輝かせて、クラリアーナが果物ナイフを手に取る。

イレイズも少々不安そうな顔をしつつ、果物ナイフと、リンゴを一つ手に持った。

「五つもむくので助かります！」

エルシーはほかにも準備しなくてはいけないものがあるので、残りのリンゴの皮むきは喜んで二人に任せることにする。

「……あら、意外と難しいのね、リンゴの皮むきって」

「ええ、セアラ様のように、リンゴの皮が一本につながらないですわ」

「別につながらなくてもいいですよ？」

むいたリンゴを櫛切《くしぎ》りにしていたエルシーが振り返れば、クラリアーナとイレイズが悪戦苦闘していた。何故か二人はリンゴの皮を一本につなげたいらしい。

「こう、途中でぽとって切れて落ちるのがむかつきますわ」

「クラリアーナ様はまだましですよ。わたくしなんて……」

料理ができないイレイズの手元のリンゴは、どんどん可食部分がなくなっていっている。皮にものすごく実が残っているのが見えた。

（あああああ、もったいない！）

手つきも危なっかしくてはらはらするが、何より見る見るうちに食べる部分が減っていくのが心配だ。

クラリアーナの方はイレイズに比べてマシと言えばマシだが、こちらは皮をつなげることに夢中になりすぎてあまりにも進度が遅い。

（うぅ、手を出したいけど、楽しそうだし……）

邪魔をしてはいけないと、エルシーは自分に言い聞かせる。修道院で暮らす子供たちも、手伝いがしたいと言って同じようなことになっていた。何事も経験なのだ。ここは広い心で見守らなくては。

リンゴは半分を櫛切りに、もう半分を小さな角切りにして、角切りの方は砂糖で煮てジャムにし、櫛切りの方はバターと砂糖で炒《いた》め煮《に》にするのだが、もうしばらくリンゴの皮むきに時間がかかりそうなので、エルシーは待っている間、別の作業に移る。

卵を湯煎しながら、もったりするまでしっかり泡立てるのである。

エルシーがしゃかしゃかと卵を泡立てはじめると、二人は今度はこちらが気になりはじめたようでリンゴの皮むきの手を止めた。

「まあ、セアラ様、どうしてそんなにかき混ぜますの？」

クラリアーナは器用な方だが、やはり貴族令嬢なので料理はほとんどしないようだ。泡立っていく卵を、興味津々で覗《のぞ》き込《こ》む。

「しっかり泡立てると、焼き上がりがふんわりするんですよ」

「まあ、そうなんですの？」

「卵の体積がどんどん増えていきますわ。面白いわ……」

「……リンゴの皮むきの続きはわたくしがしますから、こっちをやってみます？」

「よろしいの？」

「いいですよ」

リンゴを完全に放置してしまった二人に苦笑して、エルシーは泡立て途中の卵を差し出した。

これは泡立てるだけなので、リンゴのように可食部分が減ることはあるまい。

卵を二人に任せて、エルシーは残ったリンゴの皮を手早くむくと、半分ずつ櫛切りと角切りにしていく。櫛切りを炒めて、角切りをジャムにしたあとで冷ますためにバットの上に広げた。

二人が卵を泡立てている間に、バターを湯煎で溶かしておく。

「イレイズ様、交代してくださいませ。腕が疲れましたわ」

「これはなかなか体力がいりますわね」

細腕のクラリアーナとイレイズは、だんだんともったりしてくる卵に苦戦中だ。

「あとは代わりましょうか？」

見かねてエルシーが口を挟めば、二人はともに白旗をあげた。

「お願いしますわ」

「お菓子作りって、大変ですのね……」

「慣れればそうでもないんですけどね。手順と分量をきちんとしていれば、失敗することも少ないですし」

エルシーは卵を手早く仕上げて、ふるいにかけた小麦粉と砂糖を入れて混ぜる。その後、リンゴのジャムと溶かしたバターを入れてさっくり混ぜ、型に流し込んで炒めた櫛切りのリンゴを散らして予熱しておいたオーブンに入れた。

「あとは焼き上がりを待つだけです！　次はレーズンクッキーですね！」

「わたくし、ケーキの手順はあまり覚えられませんでしたけど、これだけはしっかり覚えたいですわ」

レーズンクッキーと聞いて、イレイズが身を乗り出した。

「イレイズ様、レーズンクッキーがお好きなんですか？」

「え？　え、ええ、まあ、も、もちろん好きですわ」

イレイズが何故か視線を泳がしつつ答える。

クラリアーナが微苦笑を浮かべて、エルシーはラム酒に漬けていたレーズンを手に取った。

「レーズンクッキーが嫌いな方なんていませんわ。さあ、教えてくださいませ」

（そうかしら？　レーズンは意外と子供たちは苦手なんだけど……ま、いっか）

エルシーにはよくわからないが、貴族たちはみんなレーズンが好きなのかもしれない。エルシーは勝手にそう結論づけて、クッキー作りに取りかかった。

「クッキーはケーキより簡単なんですよ。バターをこうしてしっかり混ぜて、砂糖を加えて……」

「手伝わせてくださいませ」

イレイズがやりたがったので、エルシーはボウルを彼女に渡した。

「バターと砂糖がしっかり混ざって、バターがふわふわになってきたら、小麦粉を入れます。麺棒で伸ばして型抜きするクッキーではなくて、これはスプーンですくって落とすだけのクッキーなので、生地は柔らかめで大丈夫ですよ。小麦粉を入れてさっくり混ぜたあと、レーズンを入れて生地は完成です。レーズンの代わりに砕いたナッツを入れても美味しいんですよ」

「まあ、いろいろアレンジできるのね。……ラベンダーとかでもいいのかしら？」

「ラベンダーですか？　ええっと、乾燥させて砕いて入れたら大丈夫です。いい香りのクッキーになりそうですね」

クラリアーナはラベンダーが好きなのだろうか。果物やナッツ入りのクッキーならよく作るけれど、ラベンダーは試したことがないので想像しかできないが、まずくはないはずである。

「ふふ、そうなのね」

できると聞いて、クラリアーナは楽しそうだ。

「クラリアーナ様はラベンダーがお好きなんですか？」

「え？　ふふふ、違いますわ。わたくしではなく、スチュワート様がお好きなんですのよ」

「スチュワート様が？」

エルシーは、晩餐のときに一言挨拶を交わしただけのスチュワートの顔を思い浮かべた。黒髪に緑色の瞳の、フランシスにどことなく似た容姿だが、穏やかそうな雰囲気の青年だ。

(あ、そっか。クラリアーナ様は陛下とはとこの関係だから、スチュワート様とも親戚なのよね)

クラリアーナは先々王の妹――フランシスの祖父の妹を祖母に持つ、王家とも縁の深いブリンクリー公爵令嬢である。クラリアーナの父である公爵が、前王やスチュワートと従兄弟《いとこ》の関係なのだ。スチュワートと仲が良くてもおかしくない。

「この生地を鉄板の上に置いていけばいいのよね？」

「そうです。あ、間隔はこのくらい空けてください。焼いている間に広がってくっついちゃうので」

鉄板の上にクッキー生地を並べ終えると、第一陣を空いているオーブンに入れた。

クッキーは騎士たちに渡すため特に大量に必要で、一度のオーブンでは焼けないから、何度かに分けて焼くことになる。

全部で二時間半の作業を続けて、ようやく終わったころには夜もすっかり更けていた。

「わたくし、生まれてはじめてお菓子を作りましたわ」

焼き上がったケーキとクッキーを三等分すると、イレイズが嬉しそうにクッキーとケーキの入ったバスケットを抱えた。

「わたくしも、チャリティーで一度だけお母様のお手伝いで作ったことがありますけど、型抜きを手伝っただけでしたから、こうして最初から作るのははじめてでしたわ」

クラリアーナも満足そうだ。

「またこうしてお菓子を作りましょ。一人では無理ですけど、セアラ様がいれば安心ですものね」

「ええ、そのときはぜひわたくしも一緒に」

「もちろんです！　また一緒に作りましょう！」

クラリアーナとイレイズは、すっかりお菓子作りにはまってしまったらしい。少しはらはらしたけれど三人でわいわい言い合いながらのお菓子作りは楽しかったので、もちろんエルシーに異論はない。エルシーは来月セアラと入れ替わることになるけれど、それまでにあと一度か二度くらいなら機会もあるだろう。

キッチンのあと片づけを終えて、三人そろって三階へ上がる。イレイズは東側の部屋を使っているので中央階段を上り切ったところで別れて、部屋に戻ると、ダーナとドロレスが起きて待っていた。

「おかえりなさいませ」

「ダーナもドロレスも、遅くなるから先に寝ていていいって言ったのに。あ、はい。これが二人の分のケーキとクッキーよ」

「まあ、ありがとうございます」

焼き立てのアップルケーキとクッキーをそれぞれプレゼントすると、ダーナたちが嬉しそうに微笑む。

ケーキとクッキーの入った籠を机の上に置いて、ドロレスに手伝ってもらって服を着替えると、エルシーはベッドに寝転がった。

ケーキ作りをするから風呂には先に入っていたが、キッチンで作業したために髪に匂いが染みついていて、美味しそうなお菓子の香りがする。

(なんだかお菓子の夢を見そうだわ)

そんなことを思いながらそっと目を閉じたエルシーは、眠りにつく直前、何やら重たい金属がこすれるような、ガシャンという音を聞いた気がした。

◆

翌朝もダーナとともに六時ごろに礼拝堂へ向かうと、そこには先客がいた。

「まあ、ララがいるわ!」

それはエルシーの部屋を担当してくれている栗色《くりいろ》の髪のメイド、ララであった。

ララは祭壇前の長椅子に座って、両手を組み、熱心に祈りを捧げている。

エルシーが近づいて行くと、ララは気づいてハッと顔を上げた。

「お妃様! おはようございます!」

「おはよう、ララ。早いのね」

「お妃様こそお早いですね」

「わたくしはだいたいこの時間に目が覚めるから。ララも朝のお祈り?」

「はい、そんなところです」

ララはにこにこと笑って立ち上がると、仕事に戻るという。

(ララはグランダシル様を信仰してくださっているのかしら？　ふふ、お祈り仲間がいて嬉しいわ！)

エルシーの目には、彼女が一生懸命に神に祈っているように見えた。裏の山には戦女神《ヴァルキュリア》が住んでいるというし、もしかしたら礼拝堂を訪れる人は少ないのではないかと思ったけれど、こうしてグランダシル神に祈りを捧げてくれる人がいるというのがわかってほっこりする。

「グランダシル様おはようございます。今日もとってもいい天気ですよ。今日も一日、わたくしたちを見守っていてくださいね！」

エルシーがいつものように祈りを捧げて城へ戻ろうとしたとき、庭のハーブ園に人が立っているのを見つけて立ち止まった。

フランシスの叔父、スチュワートだ。彼はフランシスと同じ黒髪に緑色の瞳をしていて、血縁だけあってよく似た顔立ちをしているが、背の高いフランシスと比べると少し小柄だ。

庭のハーブ園ではラベンダーが見ごろを迎えていて、天に向かって伸びる青紫色の小さな花が風に揺れていた。

(そう言えば昨日の夜、スチュワート様はラベンダーが好きだってクラリアーナ様が言っていたわね！)

スチュワートはラベンダーの花を摘んでいた。使用人に任せず、スチュワートが自ら花を手折るのが不思議で、エルシーがじっと見入っていると、視線に気が付いた彼が顔を上げた。

「おや、おはよう。確か……セアラ・ケイフォード嬢だったかな？」

柔らかく微笑むスチュワートは、クラリアーナによると外見通りの穏やかな性格をしているそうだ。三十二歳というが、外見はもう少し若そうに見える。

「はい。セアラです。おはようございます。スチュワート様」

ワンピースのスカートはつまんで挨拶できるほど広がらないので、エルシーは双子の妹の名を告げてぺこりと頭を下げた。

スチュワートの邪魔をしないように、本来であればここで去るべきなのだろうが、興味を引かれたエルシーはひょいっと彼の手元を覗き込んだ。

「ラベンダーですか。いい香りですね！」

「ああ。お茶にしようと思っていてね」

「ラベンダー茶！　片頭痛によく聞きますよね。リラックス効果もありますし」

ラベンダーは修道院の裏手にも植えてあった。梨園をくれた老夫婦の主人が片頭痛持ちでよくお茶が欲しいと訪ねてきたことを思い出す。

「そうなのか。ならちょうどいいね。あれは今、頭も痛いと言っていたからね」

（あれ？）

あれとはいったい誰のことだろう。近所の男性が自分の妻のことを「あれ」と呼んでいるのは聞いたことがあるけれど、スチュワートは独身だったはずだ。

（もしかして陛下のことかしらね？）

フランシスは妃候補たちに追い回されて疲れていたから、そうかもしれない。昨日も神経質そうな顔をしていたし、きっとそうだ。スチュワートとフランシスは仲がいいと聞くし。

「だがラベンダー茶は少し飲みにくいよね。私は好きなんだが……、使用人たちにはあまりウケがよくなくて、せっかく育てているのに、毎年咲くに任せて全然活用されなくてね」

スチュワートが手に持っているラベンダーを見下ろして眉尻を下げる。

ハーブ園はスチュワートが趣味と実益を兼ねて管理しているそうだ。

（こんなに広いハーブ園を……しかも種類別にきっちり区画分けされていて、すごいわ！）

修道院では、裏手の花壇に適当に並べて植えているだけだったが、ここはそれぞれの場所がきっちり分けられていて、それなりに量もあるから圧巻だ。修道院に帰ったら、スチュワートを見習って裏手の花壇を整理してみよう。管理しやすくなるはずだ。

「余るようでしたら、ポプリにしたあとで袋に詰めて、クローゼットの中に入れたらどうでしょう。いい香りがしますし、防虫効果があるんですよ！　それから、お茶が飲みにくいなら蜂蜜を入れると飲みやすくなります！」

「なるほどね。参考にさせてもらうよ。やはりこういうことは女性の方が詳しいのかな。……ああ、でもあれはあまり興味がないようだったけれど」

また「あれ」。エルシーは首をひねる。

（この感じだと陛下のことじゃない……？）

スチュワートにはもしかしなくてもいい人がいるのだろうか。詮索するような無粋な真似《まね》はしないけれど、大切な人のために自らラベンダーを手折るなんて素敵だ。

話しながらも、スチュワートがラベンダーを手折っていく。

（もしかして、今咲いている花を全部手折る気かしら？　こんなにあったら大変よね！　よし！）

エルシーはこのあと暇なのだ。それに、ラベンダーを摘んでいくのはとても楽しそうである。

「あの、わたくしにも手伝わせてください！」

「お妃様、失礼では……」

背後でダーナが咎《とが》めるような声を出したが、スチュワートは目を丸くしたあとで、くすくすと笑い出した。

「ありがとう。もちろん大歓迎だよ。でも、手を怪我《けが》するといけないからね、このハサミを使うといい」

スチュワートが地面に置いていた籠の中からハサミを出して渡してくれた。スチュワートは手で折った方が早いので、風通しを良くするためにラベンダーの枝を切り落とすときくらいしかハサミを使わないらしい。

エルシーはありがたくハサミを使わせてもらうことにして、せっせとラベンダー採取を開始した。

ダーナが諦めたように苦笑しつつ、エルシーに日傘をさしかけてくれる。

夢中になってラベンダーを摘んでいたエルシーは、ふと、フランシスが言っていた古城に出るという幽霊のことを思い出した。騎士の幽霊だそうだが、ここにずっと住んでいるスチュワートなら詳しいかもしれない。できることなら幽霊を探して無事に神様の国へ行けるようにお手伝いをするのだ。未来のシスターとしての務めである。

「スチュワート様は、騎士の幽霊のことをご存じですか？」

「騎士の幽霊……？　ああ、あれか。フランシスにでも聞いたのかな」

スチュワートは手を止めて、くすりと笑った。

「フランシスは二、三年前まで、一年の大半をここで生活していたんだがね、そのときに城に残る古い迷信に興味を持ったようなんだ。もちろんただの噂話で、騎士の幽霊なんて誰も見たことがないから、心配しなくてもいいよ」

「そう、なんですか。本当はいないんですね……」

エルシーは心なしかがっかりした。もちろん、現世に未練を残して彷徨っている幽霊がいないに越したことはないけれど、せっかく無事に神様の国へ行けるように手伝いをしようと思っていたからちょっと残念だ。

「どうせ噂の出所も、夜中に寝ぼけた誰かが、二階に飾っている鎧を幽霊と見間違えたんだろう。あれは実際に使われた古い鎧だからね、兜も全部そろっているし、見間違えても仕方がないかもね」

「騎士の鎧が飾ってあるんですか？」

「もうないよ。子供のころのフランシスがあれを見るたびに怯《おび》えて泣いていたから、今は片づけて……確か、一階の倉庫にでも入れていたと思うけれど」

錆《さ》びつかないように、使用人がたまに出して磨いているというが、スチュワートは鎧に興味がなくて、ずっと見ていないそうだ。

「ああ、今の話は内緒ね。子供のころの話をすると、フランシスは怒るんだ」

しーっと唇に人差し指を立てて、スチュワートは茶目っ気たっぷりに片目をつむる。

そしてラベンダーの採取を再開しながら、懐かしそうに言った。

「あんなに小さくて臆病だったフランシスが国王とはね。……一時は心配だったんだが、立ち直ったようで、本当によかったよ」

「え？　陛下は臆病だったんですか!?」

今の堂々としているフランシスからはまったく想像できない。

スチュワートは遠い目をして、抜けるような青空を見上げた。

「そうだねえ、まあ、いろいろあったからね。……ふふ、君はフランシスが好きなのかな？

ああ、妃候補だから当然だよね。でも、抜け駆けはよくない。フランシスの秘密は、そうだな、あれが話す気になったら話すだろうから、それまで待つといいよ」

エルシーは抜け駆けするために話が聞きたかったわけではないのだが、妃候補の立場だとそう思われてもおかしくなかった。

（いろいろあったっていうのはちょっと気になるけど、確かに秘密を暴くのはよくないわよね？）

フランシスが何か抱えているものがあるのならば、シスター見習いとして力になってあげたいけれど、話す話さないを決めるのはフランシスだ。人から無理に聞きだしていいものではない。

（でも、幽霊はいなかったのね。ちょっと会ってみたかったのになぁ。幽霊が無事に神様の国へ行けるようにのお手伝いは、またの機会を待つしかなさそうね……）

幽霊に会える機会なんてそうそうなさそうだなと、エルシーはこっそりため息をついたのだった。

戦女神の呪い

（いただいちゃってよかったのかしら？）

スチュワートとともにラベンダーを採取したエルシーは、彼が分けてくれたラベンダーを抱えて部屋に戻った。

窓の近くのテーブルに皿やコップを並べて朝食の準備をしていたドロレスが、エルシーが抱えているラベンダーに目を丸くする。料理は今、メイドのララがキッチンまで取りに行ってくれているそうだ。

「まあ、お妃様。そのラベンダーの束はどうなさいましたの？」

「スチュワート様にいただいたのよ。ね、ダーナ」

「……お妃様がスチュワート様のお手伝いを買って出て、お礼にと分けてくださったのよ。お妃様が手伝いたいとスチュワート様に申し出たときは驚いたけど、ご不快な思いはされなかったようだわ」

「あらあら、まあ。ラベンダーをお分けくださるほど仲良くなられたようで、よかったですわ」

ドロレスがくすくすと笑う。

「仲良くなれたかどうかはわからないけど、スチュワート様はとてもいい方だったわ！」

「それはよかったですけど、王族の方相手にこちらから手伝わせてほしいと言うのは、失礼にあたるときがございますから気を付けてくださいませね。本当にはらはらいたしましたもの」

「そうなの？　王族の方へのマナーって難しいのね」

だからダーナが咎めるような声を出したのか。でも、怒られなかったからセーフだろう。

「それで、ラベンダーはどうなさいますか？」

「そうね……せっかくだし、乾燥させてお茶を作りましょう！」

「乾燥させるのは構いませんけど、出窓はタンポポに占領されていますわよ」

「そうだったわ。じゃあ、つるすしかないわね！」

仕方がないので、エルシーはラベンダーをリボンでひとまとめにすると、出窓のカーテンレールに括《くく》りつけてつるして乾燥させることにした。

「いい香りですわね」

「たくさんあるから、ほしいなら分けてあげるわよ？」

「それでは、乾燥させたものを少しだけいただけますか？　サシェにしようと思います」

「あら、ではわたくしも」

「もちろんよ。ドロレスもダーナも、乾燥させたあとで好きなだけ持っていってくれて構わないわ！」

スチュワートは本当にラベンダーをたくさんくれたのだ。お茶にするにしても、そんなにたくさん必要ないので、なんなら半分くらい持っていっても構わない。

「ふふ、では暇を見てサシェの袋を作りませんと。せっかくなら可愛らしい袋にしたいですわね」

「レースで編むのもいいわね」

「レースなら確か少し持ってきていたわ」

「あ！　レース編みならわたくしもしたいわ！」

ダーナとドロレスと一緒にどんな袋を作るかで盛り上がっていると、コンコンと部屋の扉が叩かれた。ダーナが扉を開けると、ララが朝食を載せたワゴンを押しながら入ってくる。

「朝食をお持ちしました――って、あら？　魔除《まよ》けをつるすなんて、何かあったんですか？」

「魔除け？」

エルシーがきょとんとすると、ララは出窓につるしたラベンダーを指さした。

「あれです。ラベンダーを窓辺につるすのは、このあたりに伝わる旅人の魔除けなんですよ。戦女神様《ヴァルキュリア》はラベンダーの香りがお嫌いなんです」

「うん？　戦女神様《ヴァルキュリア》って、裏山に住むっていう女神様のことよね？　どうして女神様の嫌いなものが魔除けになるの？　普通、逆じゃないかしら？」

するとと、ララが首を横に振りつつ教えてくれる。

「戦女神様《ヴァルキュリア》はこのあたりに住む人々を守る神様ですが、同時によそから入ってきた方には悪魔として恐れられていたそうなんです。その昔、ここに敵が攻め入ったときの名残だそうで、味方には多大なる加護を、敵には破滅をという、戦女神様《ヴァルキュリア》をたたえる歌の影響なんですが……。以来、よそから入ってくる旅人は、戦女神様《ヴァルキュリア》に命を取られないよう、窓辺にラベンダーをつるすのですわ。特に今は、ちょうど戦女神様《ヴァルキュリア》の加護が最大になる時期ですから」

ララはドロレスが準備したテーブルの上にパンの籠を置きつつ教えてくれる。

「詳しいのね、ララ」

エルシーは驚いた。ダーナですら詳しく知らなかったのに、ララがよく知っているのは、彼女がこの地で生まれ育ったからだろうか。

「わたしが生まれ育った村には、戦女神様《ヴァルキュリア》の歌が伝わっていますからね」

ララがくすりと笑って、ラベンダーを見上げた。

「この地での戦争が一番激しかったのが初夏だそうです。だから戦女神様《ヴァルキュリア》のお力は今が一番お強くて、そして同時によそ者をひどく嫌う時期でもあるのですわ。あ、もちろん国王陛下がお連れになったお妃様たちは、『よそ者』ではございませんからご安心ください。戦女神様《ヴァルキュリア》は王家を守る神様でございますから」

「その、戦女神様《ヴァルキュリア》の歌ってどんな歌？　よかったら聞かせてくれない？」

「歌ですか？　……ちょっと恥ずかしいですけど」

ララは頬を染めて、スープを注ぐ手を止めると、小声でこう口ずさんだ。

敵を滅ぼせ命を刈れ
すべては戦女神様《ヴァルキュリア》の糧となる
よそ者は立ち去れ呪われろ
戦女神様《ヴァルキュリア》はお怒りだ
ラベンダーの野原を焼き払え
戦女神様《ヴァルキュリア》がお隠れになる

「……おじいちゃんが言うには、本当はもっと長い歌だったそうなのですが、現在村に伝わっているのはこれだけです。この歌は子供のころにお母さんが子守歌でよく歌ってくれていたんですよ」

「そ、そうなのね」

なんて物騒な歌を子守歌にするんだと思いつつ、にこにこと笑うララを前にそんなことは言えないので、エルシーは笑って誤魔化した。

ララは皿にスープを注ぐのを再開し、最後にポツンと言った。

「だから、ラベンダーの魔除けは、よそ者が戦女神様《ヴァルキュリア》の呪いを避ける唯一の方法なのです」


午後になって、フランシスがやってきた。

こそこそと人の目を避けるようにしてエルシーの部屋に入ってきた彼は、入ってくるなりぐったりとソファに寝そべってしまった。今日も今日とて、妃候補たちに追い回されているのだ。

フランシスが来たので、ダーナとドロレスは気を遣ってか、隣の部屋でレース編みをすると言っていなくなってしまったから、部屋にはフランシスと二人きりだ。

「いい香りがするな」

ソファに寝転がったままフランシスが言った。

「ラベンダーです。今朝、スチュワート様にいただいて」

「は？」

フランシスはソファから飛び起きた。

「叔父上にもらった？　……叔父上が育てているハーブをくれたのか？　あの、命よりも大切にしているハーブ園のハーブを？　馬鹿な！」

エルシーはぱちぱちと目をしばたたいた。

「そう、なんですか？　……ええっと、でも、くださいましたけど」

フランシスはショックを受けたように固まってしまった。もしかして、フランシスはスチュワートから一度もハーブをもらったことがなかったのだろうか。それは先を越したようでなんだか申し訳ない。

「えっと、まだ乾燥中ですけど、フレッシュハーブティーなら入れられますから……少し、お入れしましょうか？　昨日焼いたアップルケーキもありますし」

「……もらおう」

フランシスはまだショックから立ち直っていないようだが、アップルケーキという言葉にぴくりと反応した。

エルシーはベルでララにお湯と蜂蜜を頼んで、つるしてあるラベンダーを少し取ると、丁寧に花を外してポットの中に入れていく。

ララが持ってきてくれた熱々のお湯を注げば、ふわりといい香りが漂った。少し蒸らして、お湯に綺麗な色が出たらティーカップに注いでいく。

フランシスの前に、ティーカップと、それから蜂蜜の入った小瓶を置いた。

「お好みで蜂蜜を垂らしてお飲みくださいね」

エルシーは昨晩作ったアップルケーキと、それからレーズンクッキーを皿に載せて、フランシスに差し出す。

エルシーが対面に座ろうとしたら隣に来いとソファの座面をポンポンされたので、彼の隣に腰を下ろした。

フランシスはラベンダーティーを一口飲んで眉を寄せると、蜂蜜を入れてかき混ぜる。ストレートティーはあまり口に合わなかったようだ。

「それで、叔父上とは何を話したんだ？」

「騎士の幽霊について、でしょうか」

フランシスの子供のころの話は内緒だと言われているので口にはしない。

「ただの迷信で幽霊は出ないんだそうです。……ちょっと残念ですね」

「幽霊が出なくて残念という女は国中探してもお前くらいなものだろうよ」

フランシスはやれやれと息をついて、アップルケーキを口に入れる。満足そうに頬を緩めて、一切れを三口で食べきると、今度はレーズンクッキーに手を伸ばした。

「そう言えば、つるしているラベンダーですけど、この地に伝わる魔除けなんだそうです」

「魔除け？」

「旅人が戦女神様《ヴァルキュリア》から身を守るためのものだとか」

「ああ、戦女神《ヴァルキュリア》の呪いとか言うやつか。それならば聞いたことがあるな」

「そうなんですか？」

「眉唾だぞ？　なんでも、旅人が戦女神《ヴァルキュリア》に呪われて次々死んでいくというものだが……あれは実際のところは、昔この地にやってこようとしていた旅人たちが流行《はや》り病を患っていて、道中でバタバタと死んでいったという事件があったそうだ。もう何百年も前の話だがな。それが戦女神《ヴァルキュリア》の呪いのもとになっていて、ラベンダーが嫌いだというのは、その旅人の中でラベンダーのサシェを持ち歩いていた女だけが助かったから、そこから来ているのだという話だな」

「お詳しいんですね」

「そうでもない。別に戦女神《ヴァルキュリア》を信仰しているわけでもないし。王家の歴史を学ばされた際にいくつか聞いたことがあるだけだ」

フランシスはもぐもぐとクッキーを食べつつ、つるしてあるラベンダーに視線を向ける。

「しかしそんな昔の迷信を、まだ知っているやつがいたんだな」

どうやら王家は、戦女神《ヴァルキュリア》への信心を失って久しいという。確かに、そうでなければ戦女神《ヴァルキュリア》が嫌うというラベンダーを、彼女が住むという山の目と鼻の先である城の庭で育てたりはしないだろう。

しかし、フランシスは戦女神《ヴァルキュリア》も、グランダシル神も信じているわけでもなさそうだが、いったい何を信じているのだろう。

グランダシル神は、各地に礼拝堂が建設されるようになって急速に国内に広がったと言われるけれど、信仰している人間は人口の五分の一にも満たないはずだ。どちらかと言えば、グランダシル神の礼拝堂が結婚式に使われて、それがブームになって、宗教の普及よりも礼拝堂だけが先行で建てられるようになったらしい。

「グランダシル様も戦女神《ヴァルキュリア》様も信仰していないのなら、陛下が信じていらっしゃる神様はどなたなんでしょう？」

きっとエルシーが知らない神様だろうと思って訊ねてみたが、返ってきたのは意外な答えだった。

「俺か？　俺はどの神も信じていない。俺が信じているのは俺自身だ」

「え!?　どうしてですか!?」

「俺の命は俺にしか守れないからだ。騎士たちを信じていないわけではないが、少なくとも、姿も形も見えない神にすがろうとは思わないな」

「じゃあ……一度も神様を頼ったことはないんですか？」

「ない。と言いたいところだが、一度だけある。だが、それは子供のころの話で、大人になってからは一度もない」

フランシスはそれ以上言いたくないのか、エルシーに空になったティーカップを差し出した。

「次は紅茶をくれないか。ラベンダーはもういい」

フランシスは二個目のアップルケーキに手を伸ばしつつ言った。

フランシスが帰ったあと、エルシーは暇つぶしに庭に下りることにした。

ここでは掃除も洗濯も料理も裁縫もすることがないので、何かしていないと落ち着かない性分のエルシーには、暇でしょうがないのである。

ためしに自分のものは自分で洗濯をするとララに申し出てみたところ、お妃様候補にそのようなことはさせられないと青い顔をされたのだ。

朝のひんやりした空気が嘘《うそ》のように、午後の庭はぽかぽかと暖かい。

整然と整えられた庭を進んで行くと、一人の老人が薔薇《ばら》を切っていた。

「こんにちはー！　綺麗な薔薇ですね！」

興味の引かれるままにふらふらと近づいて行くと、老人が顔を上げて、被っていた帽子を取ってぺこりと頭を下げる。

「これはお妃様。こんにちは。お邪魔でしたかな？」

「いえ、それは全然！　でも少し見ていっていいですか？　……ええっと」

「ああ、わしはポムと言います。この城で長年庭師をしているもんです。どうぞどうぞ、お好きに見学していってくださいませ」

ポムは今、咲ききった薔薇を剪定《せんてい》している最中なのだそうだ。咲ききった花をいつまでも残していると、薔薇の木のためにはならないらしい。

「それにしても、素敵なお庭ですね。すごくたくさんの種類の植物が植えられていて……」

「スチュワート様のご趣味でしてね。あの方は植物が好きで、ほら、あそこのハーブ園はあの方が自分で管理なさっとるくらいなんですよ。ほかにも薬草園なんかがありましてね」

「まあ、薬草園も？」

それはぜひとも見てみたい。エルシーが瞳を輝かせると、ポムはしわくちゃの手で庭の奥のあたりを指さした。

「ほら……ちょうど、あの背の高い騎士様がいらっしゃるあたりですよ」

エルシーが首を巡らせると、肩をいくらかすぎたくらいの灰色の髪の背の高い男性の姿がある。よく見ると彼は一人ではなく、黒髪の女性と一緒だった。

（あれは……コンラッド騎士団長様とイレイズ様だわ）

不思議な取り合わせだったが、二人は楽しそうに談笑している。薬草見たさに会話の邪魔をすべきではないだろう。

「どんな薬草が植えてあるんですか？」

「いろいろですよ。ただ、薬草は薬にも毒にもなるものが多いですからな、無闇に触らんことをおすすめします」

「毒にも、ですか？」

「ええ、例えば有名なもので言えばトリカブトでしょうかね。小さいうちはヨモギとよく似ておるんで、毎年のように自生しているトリカブトをヨモギと間違えて食べるもんが出たりしてねえ。お妃様は山菜採りなどせんでしょうが、わからんものには触らん方がええですよ」

「トリカブト！　確かにそうですね！」

トリカブト自体は、エルシーも知っている。葉にも根にも毒を含んでいる野草で、暮らしていた修道院の裏の山に自生しているからだ。夏には紫色や白などの可愛らしい花を咲かすが、ここのトリカブトはまだそれほど花は咲いていなかった。これから見ごろを迎えるのだろう。

トリカブトの根は、薬としても使われるが、毒性が強いため弱毒処理が必要とかで、無闇に引っこ抜いて口にしてはいけないとカリスタから厳重に注意されていた。

少量食べただけでは死に至ることはないけれど、体がしびれたり、嘔吐《おうと》や呼吸不全を引き起こしたりするので、無闇に採取しないように言われている植物である。

ちなみにヨモギとトリカブトの大きな違いは香りで、見分けるときはヨモギ特有のいい香りがするかしないかで判断するといい。

「おや、トリカブトをご存じでしたか。じゃが、お妃様のように知っとるもんは少ないでしょうからねぇ。最近騎士の方々が、タンポポを採るとか言って裏手の山へ向かったりなさってますがね、タンポポを採るのはええですけど、裏の山にはいろいろな毒草が生えておりますから、注意してくださいねとお伝えしておるところなんです」

それを聞いて、エルシーはたらりと冷や汗をかいた。

（この庭にタンポポが生えていなかったからどこから採ってきてるのかしらって思ってたけど、

山で採ってきていたのね……）

山には数多くの植物が自生していて、トリカブトのほかにも危険な植物があることをエルシーも知っている。

「えぇっと……騎士様たちが山に行っているのは、たぶんわたくしのせいです……」

騎士たちがエルシーのためにタンポポを集めていることを伝えると、ポムは目を丸くしたあとで豪快に笑い出した。

「はっはっは！　それはそれは！　お妃様は人気者でいらっしゃる！　いやいや、山に入るのはね、別に構わんのですよ。騎士様でしたら毒草についても多少の知識がおありでしょうからね。ただ、見たことのないもんには手を触れんことですと。まあ、念のためにね」

人気者なのはエルシーではなくクラリアーナだと思うが、騎士たちがタンポポを採集するに至った経緯をわざわざ説明する必要もないだろう。

「それにしても、この裏山にはそんなに毒草が多いんですか？」

「ええ。昔の戦時中にね、裏山で毒草を育てていたそうなんですよ。そのときの根やら種やらが残っているのか、今では少し歩けば毒草を見つけることができるくらいです。裏山の川のそばに山わさびが自生していてね、休みの日によく採りに行くんですけど、その周りにも毒草が蔓延《はびこ》っていて嫌になりますよ」

「山わさび……。もしかして、ワラビとかゼンマイとかウワバミソウとかフキなんかも生えていたりしますか？」

「フキはどうでしたかな……ワラビやゼンマイ、ウワバミソウなら見たことがありますけども」

（すてき！）

どうしよう、行きたくなってきた。

山菜採りは、毎年シスターたちと行っている通年行事で、エルシーの楽しみの一つでもある。王宮の周りにはもちろん山菜など自生していないから、帰るまで我慢しなくてはならないと思っていたけれど、目と鼻の先にあるのならばぜひ行きたい。

毒草が自生していると聞いたばかりなのに、そんな危険などすっかり頭から抜け落ちて、エルシーはさっそく明日にでも山へ行けないかと考えた。

（勝手に行ったらダーナもドロレスも怒るわよね。陛下にも許可を取った方がいいはずだし）

エルシーは善は急げと、フランシスに許可を取りに行くことに決めた。

「ポムさん、お仕事の邪魔をしてすみませんでした。よかったらまたいろいろ教えてくださいね」

エルシーはポムに手を振って、意気揚々と城へ戻った。

◆

翌日、エルシーは念願の山菜採りに出発することができたけれど、なぜかそこにはフランシスとクライド、そしてコンラッドの姿があった。

山歩きはダーナとドロレスにはつらいので、二人はお留守番だ。

(クライド様とコンラッド様は護衛にと申し出てくれたけれど……、どうして陛下?)

ぬかるんだ道でも大丈夫なようにブーツを履き、身軽な格好をしたフランシスはどこからどう見ても準備万端だ。

国王が山菜採り。あまりに似合わない姿にエルシーが何度も首をひねっていると、クライドが苦笑して言った。

「お妃様、陛下の気晴らしに付き合ってあげてください」

「はあ、気晴らしですか?」

エルシーはともかく、フランシスにとって山菜採りは気晴らしになるのだろうか。連日妃候補たちに追い回されて疲れているはずなのに。エルシーがそう言えば、クライドはだからですよと頷いた。

「あそこは疲れるようなので」

あそこ、と少し離れたところに見える古城を指さして、クライドが言う。

(なるほどね)

妃候補たちから逃げ回るより、山歩きの方がいいらしい。

軍手を着けて、籠とハサミを持ったフランシスに、エルシーは吹き出しそうになる。こう言ってはなんだが、全然似合っていない。だが、本人が楽しそうなのでよしとしよう。

(軍手姿……クライド様は違和感ないのよね。コンラッド様は陛下以上に違和感あるんだけど……、ま、いっか)

別にエルシーが強要したわけではないのだから、気にしなくていいだろう。

「陛下、張り切るのはいいですが、毒草には気を付けてくださいね」

コンラッドはフランシスに毒草の特徴を説明しながら、不用意に触れるなと懇々と諭している。

「わかっている。俺をいくつだと思っているんだ」

「いくつでもですよ。……陛下の場合、張り切ると裏目に出ることが多いですからね」

「なに?」

「ともかく、フランシス国王は山菜採り中に誤って毒草を口にして死亡した、などと不名誉なことが歴史に刻まれたくなければ、くれぐれもご注意ください」

「…………」

フランシスは面白くなさそうな顔をしていたが、渋々頷いた。

エルシーの籠にはアップルケーキや水筒、クッキーなどが入っていたのだが、それはクライドが持ってくれるという。四人分の水筒とケーキ、クッキーを詰め込んできたため重かったので、正直これには助かった。

「では行くぞ」

「陛下。そちらではありません。こちらです。こちらを進めば川に出ますから、山菜採りをしながら川へ向かうことにしましょう」

フランシスが向かおうとした方向は道が険しく、途中で休憩できる場所がないらしい。フランシスがじろりとコンラッドを睨んだ。

「どうしてそんなに詳しいんだ」

「部下が山に頻繁に出入りしていますからね。事前に聞いていただけですよ」

「お前の部下はエ……セアラのクッキーにつられすぎだ」

「人のことは言えないと思いますけどね、陛下」

二人が軽口を応酬しながらずんずんと山を登っていく。

そのあとにエルシー、最後尾にクライドが続き、山菜を見つけるたびに立ち止まって摘むのを繰り返しながら進んで行けば、一時間ほどで川が見えてきた。

そよそよというせせらぎの音に、鳥の声が混じり、思わずぼーっとたたずみたくなるような癒やしの空間だ。

「疲れたな。休むか」

フランシスの一言で、丸い石が堆積されている川岸で少し休憩することにした。せっかくだから摘んだ山菜を味見するのもいいだろう。こんなときのために、小鍋と調味料、そして油を持ってきている。

クライドに頼んで籠の中から鍋と調味料を出してもらうと、フランシスが目を丸くした。

「準備がいいな」

シスターや子供たちと山に山菜採りに行った際もこうしてその場で調理して楽しんでいたから、癖で準備していただけだが、さすがにそれは言えない。

「鍋が出てきたのには驚きましたけど、それじゃあ薪でも拾ってきましょうかね」

クライドが笑いながら薪を拾いに向かう。

コンラッドは護衛のためにここに残るそうだが、彼は無造作に川を覗き込むと、彼が持っていた籠から糸と針を取り出した。近くに生えていた細い竹のような植物をナイフで刈り取って葉をそぎ落とすと、糸をその先端にくくりつける。もう片方の糸の先端には針をつけて、今度は川岸の石をひっくり返して黒い虫を捕まえると、針に刺して川に投げた。

「……あいつも、なんで針と糸を持ってきているんだ？　釣りをする気満々じゃないか」

「釣り、お好きなんでしょうか？」

川に釣竿《つりざお》を垂らしているコンラッドは心なしか楽しそうである。

「あー、そう言えば川釣りが趣味だとか聞いたことがあるような気がする」

フランシスがあきれつつ大きな石に腰掛けてエルシーを手招く。

クライドが薪を拾ってくるまでエルシーにはすることがないので、素直に彼の隣に座った。

「のんびりできていいな」

「そうですね。山の空気は美味しいですね……あ、釣れたみたいですよ」

エルシーが指させば、器用に自作の竿で一匹目の魚を釣り上げたコンラッドが、釣った魚を針から外しているところだった。

コンラッドは針を外した魚を両手で掴んだまま、フランシスを振り返った。

「陛下、ちょっとこれ、持っていてくれませんかね」

顎で使われた国王陛下は、渋い顔をしつつも立ち上がった。

言われた通り魚を受け取ると、コンラッドは川の端を器用に岩で囲って小さな水槽を作ると、その中に釣った魚を入れる。

「逃げないように見ていてくださいね」

コンラッドはそう言って、再び針の先に虫をつけると、川に向かって放り投げた。

あまり釣りに来る人がいないのか、針を入れるとすぐに魚が食いつき、面白いくらいに釣れる。

(面白そう……)

子供たちが川釣りをしているのは見たことがあるが、自分ではやったことがない。手を出したくてうずうずしたが、コンラッドの邪魔をしてはいけないとぐっと我慢して、魚の番を頼まれたフランシスの隣に移動する。

魚の入っている囲いの中を覗き込むと、手のひらより少し大きいサイズの魚が悠々と泳いでいた。

「美味しそうですね！」

「調理されていない泳いでいるだけの魚を見て美味しそうだと思えるのか、お前は」

「え、だって美味しいですよ、これ」

なんの魚かは知らないが、修道院の近所に住む釣りが趣味の男がよく差し入れてくれていた魚だ。焼いて食べたらとても美味しいのである。

魚が三匹になったところで、クライドが戻ってきた。彼は魚釣りをしているコンラッドに苦笑して、持ってきた薪を組むと、火打石で火をつける。

コンラッドはまだ魚を釣るそうなので、エルシーはその間、採ってきた山菜を調理することにした。

山菜は灰汁《あく》が強いので、煮るなら灰汁抜きが必要だが、揚げて食べる分には問題ない。

素揚げして塩をかけて食べるだけでも美味しいので、エルシーは川の水で山菜を洗うと、自生していた葉わさびの葉を数枚とってきて、山菜の上に並べた。鍋で油を温めて、水気を切りながら山菜を入れて揚げていく。

魚を四匹釣り終えたコンラッドが、フランシスと一緒に戻ってきた。

ナイフで器用に腸《わた》を出した魚を木の棒に通して塩を振り、火の周りに刺していく。

魚はまだ焼けないが、山菜が出来上がったので、先にそちらを食べることにした。

味付けは塩だけだが、サクサクとしてとても美味しい。

山菜を食べ終えて少しして魚が焼き上がった。身がふっくらしていてとても美味しかったが、当たり前のようにかぶりついて食べていたエルシーを、クライドとコンラッドが少し不思議そうな顔で見ていたので、ちょっと失敗したかもしれなかった。

(お姫様は魚にかぶりついたりしないものなのかしら?)

不安に思って隣を見れば、フランシスも平然と魚にかぶりついていたからセーフだろう。国王陛下と同じ食べ方なのだから、問題なしのはずだ。

持ってきていたアップルケーキとクッキーを食後に食べて、エルシーたちは遅くなる前に城へ戻ることにした。

残った山菜は、夜にでもキッチンを借りて灰汁抜きしておこう。

山菜もたくさん採れて大満足で戻ったエルシーだったが、城に戻った途端に、騎士たちが血相を変えて走ってきたのにはびっくりした。

「どうしたんだ?」

コンラッドが訊ねると、騎士の一人が真っ青な顔で言った。

「ク……クラリアーナ・ブリンクリー公爵令嬢様が、お倒れになりました!!」

エルシーはヒュッと息を呑《の》んだ。

フランシスたちと慌ててクラリアーナの部屋に向かうと、扉の前にいた騎士の二人に止められた。現在、部屋の中で医者が診察しているそうだ。

部屋の前にはスチュワートの姿もあって、彼は青白い顔で祈るようにクラリアーナの部屋の扉を見つめていた。

「叔父上」

「ああ……おかえり、フランシス」

「それより、クラリアーナは？」

スチュワートはちらりとエルシーたちに視線を向けたあとで、フランシスを手招いてその耳元で何かをささやいた。

「どっ」

「し！」

叫びそうになるフランシスの口を押さえて、スチュワートが鋭く言う。

エルシーにはスチュワートが何を言ったのかは聞こえなかったが、フランシスの険しい表情を見るに、よくないことが起こったのだろう。

「まだ原因はわからない。その可能性があるだけだ。……ただ、クラリアーナは意識を失ったままで、まだ目覚めていない」

（そんな……！）

クラリアーナとは今朝山菜採りに行く前に会ったけれど、とても元気そうだった。彼女にいったい何があったのだろうか。

エルシーがぎゅっと胸の前で手を握りしめていると、ポンと肩が叩かれた。振り返ると思いつめたような顔でイレイズが立っていた。

「セアラ様、どうしましょう……、わたくしのせいかもしれません」

「え？」

「クラリアーナ様はわたくしと一緒に庭でお茶を飲んでいたのです。そうしたら急に、クラリアーナ様が……」

「どういうことですか？」

イレイズによると、彼女は暇を持て余したクラリアーナにお茶に誘われたらしい。ある方にラベンダーティーをいただいたから一緒に飲まないか、と。

しかし、自分が誘ったにもかかわらず、クラリアーナはラベンダーティーがそれほど好きではなかったようで、蜂蜜をたくさん入れて飲んでいたという。

そしてしばらく菓子をつまみながら談笑していたのだが、クラリアーナが急に腹痛を訴え、

その後間もなく意識を失ったとのことだった。

「わたくしがお菓子を用意したんですの。ほら、一緒にアップルケーキを焼いたでしょう？　わたくしの管理が悪かったのか、ケーキにカビでも生えていたのではないかしら。セアラ様から湿気には気を付けてと言われていたのに、わたくし、袋の口を閉じたままにしていてしまって……、どうしましょう……！」

「落ち着いてくださいイレイズ様。ケーキはイレイズ様も召し上がったんですよね？」

「ええ。もちろんよ」

「だったらケーキが傷んでいたわけではないと思いますよ。イレイズ様の責任ではありません。お医者様が診てくださっているから、きっと大丈夫ですよ」

エルシーはイレイズの背中を慰めるように撫でながら、部屋の扉に視線を向ける。

しばらくして、小柄な白髪の医者が部屋から出てきた。彼は険しい顔をしていたが、薬がきけばじきに目を覚ますだろうと言って、それからスチュワートとフランシスに視線を向けた。

二人に話があるらしい。

目を覚ますまで面会不可だと言われたので、エルシーはイレイズを自分の部屋に招くことにした。責任を感じているイレイズは、今にも泣きだしそうで、一人にしておけないと思ったからだ。

部屋に戻ると、ダーナとドロレスも不安そうな表情を浮かべていた。クラリアーナのことを耳にしたのだろう。ひとまず大丈夫らしいと伝えると、二人はホッと胸を撫でおろした。

イレイズをソファに座らせて、二人に頼んで紅茶を用意してもらうと、エルシーは彼女の隣に腰を下ろす。

しばらくするとイレイズも落ち着いてきたようで、顔色がよくなってきた。

「取り乱してごめんなさい。もう大丈夫ですわ」

「よかったです。クラリアーナ様もきっとすぐにお目覚めになりますよ！」

医者が薬を投与したのだ。大丈夫なはずである。そうでなければ困る。

だが、待っているだけの時間というのは不安を誘うもので、エルシーがクラリアーナはまだ目覚めないのだろうかとそわそわしはじめたとき、コンコンと扉が叩かれた。

「わたくしが参ります」

エルシーが席を立とうとすると、ダーナが手をかざして制止して扉へ向かう。

扉の外には、ララが立っていた。

「お妃様、陛下から、今日の夕食はメインダイニングではなく、各自お部屋でとるようにとのことです」

「そうなのね。ええっと、イレイズ様、どうなさいます？　まだ夕食には少し早いですけど、よかったらここで一緒にとられますか？」

顔色はよくなってきたとはいえ、イレイズの動揺は完全には収まっていないだろう。

エルシーも不安なときだからこそ、できるだけ大勢といたい。

「セアラ様がご迷惑でなければ、お願いしたいですわ」

「わかりました！　ララ、悪いんだけど、食事はイレイズ様の分もこちらに運んでもらっていいかしら？　時間はいつもより早くても大丈夫よ」

「はい！」

「お妃様、こちらはどうなさいますの？」

ドロレスが山菜の入った籠を指しておっとりと首を傾げる。

「……そうだったわね」

夜にでもキッチンを借りて灰汁抜きをするつもりだったが、あんなことがあったので、悠長に灰汁抜きなどしている時間もなさそうだし、気分でもない。

(でも、捨てるのはもったいないわよね)

せっかく採ってきたのだ。ゴミにするには摘み取ってきた山菜たちにも申し訳ない。

「ねえ、ララ。この山菜なんだけど、誰かほしい人はいるかしら？」

捨てるくらいなら誰かに活用してほしいと思い訊ねれば、ララがパッと顔を輝かせた。

「それならわたしが欲しいです！　母が好きなので。あの、よろしいんですか？」

「もちろんよ！」

エルシーから籠を受け取って、ララは嬉しそうに笑う。

「時間がなくて、最近山菜採りに行けていなかったので、本当に嬉しいです。母は病気で動けないので、採りに行けないですし……」

ララは通いのメイドで、近くの村で病気の母と妹の三人で暮らしているのだと言う。

「お母さんの病気は重たいの？」

母親のことを語ったとき、ララが暗い表情をしたのが気になって訊ねれば、彼女は首を横に振った。

「きちんと薬を飲めば命に関わるようなものではないそうです。ただ……薬代が高くて。あ、でも、スチュワート様が本当に優しい方で、食事の残りとか、余った食材とかをくださるので、すごく助かっているんですよ！」

スチュワートは使用人たちにも優しく接してくれるいい主人で、生活に困っている使用人には何かと便宜を図ってくれるそうだ。

「お母さん、早くよくなるといいわね。わたくしもララのお母さんが回復するように、グランダシル様にお祈りしておくわ」

ララには一つ年下の十三歳の妹がいて、日中は妹が母親につきっきりだというが、それでもきっと心配だろう。父親はいないそうで、一家の生活がすべてララの肩にかかっているそうなので不安も大きいと思う。

ララは「ありがとうございます！」と明るく言って、夕食のときにまた来ると告げて部屋から出て行った。

夕食の時間になれば、クラリアーナも目を覚ましているだろうか。

クラリアーナが目を覚ませばイレイズの憂いも晴れるだろう。

――そう思っていたエルシーだが、二時間後、事態は思わぬ方向へ流れて行くことになる。


「どういうことですか！」

二時間後、エルシーはフランシスに詰め寄っていた。

もうじき夕食の時間である。

フランシスの部屋は古城の二階にあって、普段はほかの妃候補たちが廊下でフランシスを出待ちしていることが多いが、さすがにクラリアーナが倒れたあとなので、彼の部屋の前には護衛の騎士の姿しかなかった。

エルシーが押しかけると、護衛の騎士二人に止められたが、フランシスが許可したので部屋の中へ入ることができた。

入るなり叫んで詰め寄ったエルシーに、フランシスは弱り顔で答えた。

「仕方がないんだ。こうしないと収拾がつかない」

「でも、イレイズ様がクラリアーナ様を害するはずがありません！」

そう――、イレイズとともに部屋で夕食をとろうと思っていたエルシーだったが、つい先ほど、部屋に押しかけてきた騎士たちによってイレイズの身柄が拘束されてしまったのだ。

なんでも、イレイズにクラリアーナを害した嫌疑がかかっているらしく、真実がつまびらかになるまで部屋に軟禁し監視をつけられるらしい。

イレイズは茫然《ぼうぜん》とし、エルシーはもちろん抵抗したが、騎士たちは有無を言わさずイレイズを連行してしまった。

ちなみに、キレたエルシーは椅子を持ち上げて騎士を撃退しようとしたのだが、掲げもったそれを騎士に投げつける前にダーナとドロレスに取り押さえられた。止められなければ撃退できたのに、実に悔しい。

まともに抵抗もできずイレイズが連れていかれて地団太を踏んだエルシーだったが、ダーナの「陛下のご命令に逆らってはなりません」の一言にハッとした。

そう、騎士が動いたのなら、指示を出したのはフランシスに違いない。そして、エルシーはすぐさまフランシスを問い詰めに来たのだが「収拾がつかない」とはどういうことだろう。

フランシスはぶすっとふくれっ面をしているエルシーにソファに座るように言って、部屋からクライドを除く護衛の騎士を追い出した。コンラッドは今、イレイズのもとへ行っていて不在らしい。

「実は、クラリアーナが倒れた原因は毒物によるものだったんだ。まだ俺と叔父上にしか教えられていなかったんだが、誰かが毒ではないかと騒ぎ出して、それが瞬く間に妃候補たちの間で広まってしまった。クラリアーナが倒れる前に一緒にいたイレイズがすでに犯人扱いされていて、このままにはしておけない。だから一時的に拘束させてもらうことにしたんだ。わかるか？」

「わかりません！」

イレイズが犯人なはずがない。それなのに疑わしいだけで罰せられるのは何故だろう。

「イレイズ様は無実です！　冤罪《えんざい》です!!」

疑わしいというだけで人を罰するなんて、シスター見習いとしては看過できない問題だ。

「証拠もないのにイレイズ様を犯人にするなんて――」

「証拠はないが、疑わしい現場は見られている」

「……え？」

「昨日、薬草園にイレイズがいたのを見たと証言した妃候補がいたんだ。そこには毒にもなる草がたくさん植えられている。詳しくは言えないが、クラリアーナに盛られた毒は、その薬草園にある植物のものだったんだ」

「だからって！」

「わかっている。俺も本気で疑っているわけではない」

エルシーが唇をかむと、それまで黙っていたクライドがエルシーのそばに膝をついて言った。

「お妃様。悔しいでしょうが、逆に言えば、部屋に軟禁し、見張りをつけておいた方がイレイズ様も安全なんですよ」

「……どういうことですか？」

クライドはちらりとフランシスに視線を向けた。

フランシスは嘆息して続けた。

「あまり言いたくないが、言わないと納得しそうにないな。理由は二つ。一つ目は、先ほども言ったが、妃候補たちはイレイズを犯人と疑っている。彼女が普段通りに生活していたら、どんな嫌がらせを受けるかわからない。身体的な攻撃がなくても、精神的に追い込まれることもあるだろう。すでにイレイズは憔悴《しょうすい》しているようだしな」

「それは……確かに」

すでに自分の責任ではないかと落ち込んでいるイレイズだ。他者に責め立てられたらどれほど傷つくか。

「もう一つは……狙われたのが二人だったかもしれないという可能性の問題だ。毒が含まれていたのは、ティーカップでも茶でもなく、蜂蜜の中だった。イレイズは蜂蜜を使わなかったそうだが、もし彼女も蜂蜜を使っていたら、クラリアーナと同じように倒れていた」

「！」

エルシーは目を見開いた。

フランシスは一つ頷いた。

「拘束していた方が安全だというのはそう言うことだ。ちなみに蜂蜜はキッチンにあるものをそのまま瓶に移しただけだった。残った蜂蜜を確認してみたがそこには毒物が含まれていなかったため、小瓶に移し替えたときに混入させたと考えるのが妥当だ。蜂蜜の小瓶に触れた人間三人にも確認をしたが、三人とも知らないと言っていたし、叔父上も使用人たちがクラリアーナを害するはずがないと言っているが……一応、念のためその三人も拘束させてもらうことになった。三人のうち、メイドもいたが、そのメイドは担当していた妃候補の部屋を外れることになる。……ああ、そう言えばお前の担当もそうだ。ララと言ったな」

「ララが!?」

「ああ。蜂蜜を含め、ティーセットを準備していたのはちょうどその時間手が空いていたエマというメイドだったんだが、彼女はミレーユ・フォレスの部屋付きのメイドで、持って行く途中にミレーユに呼ばれ、通りかかったララに引き継いだそうだ」

「そんな……」

「もちろん、疑っているわけではない。だが、イレイズを拘束したのに蜂蜜の瓶に触れた使用人に何もないのは不公平だろう？」

その通りだが、エルシーは納得いかなかった。イレイズはもちろん、ララも犯人のはずがないのである。

（こうなったら、犯人を見つけて捕まえないと気がすまないわ！　人に毒を盛るなんて……グランダシル様の教え『人を愛せよ』に背く行為よ！　絶対に容認できないわ！）

捕まえて反省させて、そして嫌疑をかけられたみんなを助け出すのだ。

エルシーが決意をあらわにぐっと拳を握りしめると、フランシスの顔に警戒が浮かんだ。

「……頼むから、余計な気は起こすなよ？」

もちろん、エルシーは聞かなかった。


クラリアーナが目を覚ましたというので、エルシーは夕食をあと回しにして彼女の部屋へ向かった。

廊下を歩いていると、クラリアーナの部屋の方角からスチュワートが歩いてくるのが見えて足を止める。

「こんにちは、スチュワート様」

「うん？　ああ……君はこの間の。クラリアーナのところに行くのかな？」

スチュワートは疲れたような、それでいて困ったような顔をしていた。

「はい、クラリアーナ様がお目覚めになったと聞いたので」

「そうか。君にも心配をかけてしまったね。ぜひ顔を見てやってくれ。……ついでに、少しおとなしくするように言ってくれるととても助かる。まったく、あれは昔から勇ましいというかなんというか、気が強くていけない。あんなことがあったのに、目を覚ますなりすぐに起き上がろうとするんだ」

眉間をもみつつぼやくスチュワートの表情には、クラリアーナへの心配が色濃く表れていた。クラリアーナもスチュワートのためにラベンダー入りのクッキーを作りたいと言っていたし、この二人は仲がいいのだろう。

「ああ、引き留めて悪かったね。クラリアーナをよろしく頼むよ」

「え、あ、はい！」

クラリアーナにおとなしくするように言ってほしいと言われたが、エルシーこそ周囲に「おとなしくしろ」と言われてばかりなので、言ったところで説得力がなさすぎる。

さてどうしようかと思いながらスチュワートと別れてクラリアーナの部屋に行くと、彼女の侍女であるリリナとサリカが出迎えた。二人はクラリアーナがフランシスの協力者であることを知っていて、エルシーがそれを知っていることもわかっている。

クラリアーナが倒れて気を張り詰めていたようだが、エルシーならば大丈夫だと部屋の中へ案内してくれた。

クラリアーナはベッドに上体を起こした状態でエルシーを迎えた。

いつもクルクルと巻いている髪は、寝ている間にほぐれたのか、緩いウェーブを描きながら背中に流れている。

まだ少し顔色が悪いが、薬が効いたからか、気分はいいのだと彼女は言った。

「聞きましたわ。イレイズ様が拘束されたとか。あの方のせいではございませんのに」

「陛下によると、イレイズ様を守るためでもあるらしいです」

「そうらしいですわね。先ほどスチュワート様が教えてくださいましたわ」

どうやらスチュワートは先ほどまでクラリアーナの部屋にいたらしい。

「まったく、あの方は昔から心配性で困りますわ」

(ふふっ、クラリアーナ様ったらスチュワート様と似たようなことを言ってるわ)

スチュワートも、クラリアーナは昔から……とぼやいていた。ちょっと似た部分のある二人である。

「スチュワート様とここに来る前に会いましたけど、クラリアーナ様のことをとても心配していらっしゃいましたよ。ええっと、おとなしくしてくれると嬉しいというようなことをおっしゃっていました」

「まあ、セアラ様にもそんなことを？　もう大丈夫ですのに、心配しすぎですわ。先生によると、毒も命に関わるほどのものではなかったそうですのよ。ただ、猛毒には違いなかったそうで、量が多ければ死に至っていたらしいですけど……」

「薬草園にある植物の毒だって聞きましたけど、そんな危険なものがあったんですか？」

「それが、あるんですわ。薬草と言うか、ネズミの駆除剤に使っているものが……。どうやらそれだったらしいですわね。赤い実をつける植物で、蜂蜜に混ぜても味がほとんど変わらないから気づかなかったのだろうと言われました」

エルシーはぞっとした。庭師のポムからは薬草園で育てられている植物の中には毒草もあると聞いていたが、そんな危険なものがあったなんて。

「ともかく、もう命には別条はないみたいですし、普通に動けますのに、最低でも明日までは安静にしているようになんて……わたくし、早く起き上がって、真犯人を見つけなくてはなりませんのに」

「え？　犯人!?」

エルシーはびっくりした。エルシーはそのつもりだったけれど、まさかクラリアーナまでそんなことを言い出すとは思わなかったからだ。

クラリアーナは艶然と笑った。

「あら、だってそうでしょう？　このわたくしに毒を盛るなんて、命知らずもいいところですわ。もちろん犯人を捕まえてとっちめてやりますの。スチュワート様もフランシス様も絶対に反対なさるから、言いませんけどね。エルシー様は手伝ってくださるでしょう？」

だって、礼拝堂を汚した犯人を捕まえるのだと張り込んだくらいですものね、とクラリアーナは片目をつむる。

「そ、それはもちろんですけど……でも、いいんですか？　寝ていた方が……」

「だから、もう全然平気ですのよ。スチュワート様が大げさなだけですの。それで、イレイズ様が疑われていることですけどね」

毒を盛られたばかりだというのにけろりとしたもので、クラリアーナはさっそく捜査をはじめるつもりらしい。

（いいのかしら？）

リリナとサリカを窺《うかが》えば、二人は苦笑いで肩をすくめていた。あきれてはいるようだが、止める気はないようである。

（ま、いっか。クラリアーナ様が一緒に犯人捜しをしてくれるのは、正直助かるし）

クラリアーナは聡明な女性だ。アイネのときも、理路整然と証拠を突きつけてとてもかっこよかった。彼女がいれば百人力だ。

リリナに促されてエルシーがベッドサイドの椅子に腰を下ろすと、クラリアーナはサリカにメモを取るように頼んで話しはじめた。

「フランシス様はイレイズ様を疑ってはいないそうですけれど、問題はイレイズ様が犯人だと騒いでいる妃候補たちをどう黙らせるかですわね。……イレイズ様が薬草園にいたというのが噂のもとになっているのでしょう？　でも庭を歩き回るくらい誰でもすることでしょうし、イレイズ様はメイドと一緒にいたのではなくて？　彼女たちはイレイズ様が毒のある植物を採取しなかったと証言しなかったのかしら？」

「それについてですけど、もしかしたらイレイズ様が薬草園にいたというのは、わたくしが見かけたときのことかもしれません」

イレイズが薬草園にいたところを見たという証言があるとフランシスから聞いたとき、エルシーは昨日の昼のことを思い出したのだ。

昨日の昼、イレイズは確かに薬草園にいたけれど、あのときはコンラッドと一緒にいた。彼なら、イレイズが毒のある植物を採取しなかったと証言してくれるかもしれない。

「それならばコンラッド騎士団長に確認すればいいわね。では次ですけど――」

クラリアーナは一つ一つ情報を整理しながら、それをすべてサリカにメモを取らせていく。

エルシーはそのメモを覗き込みながら、ぐっと拳を握りしめた。

「さっそく明日から調査開始ですね！　真犯人を見つけて反省させてやらなくては！」

「ええ、当然ですわ。でも……ふふふ、こんな状況で不謹慎かもしれませんけど、わたくし、少しわくわくしてきましたわ。今ごろ逃げられたと思って安心している犯人を追い詰めていくと思うと、こう、ぞくぞくいたしますわね」

「え？　寒けですか？」

「違いますわ。犯人を追い詰める瞬間を想像すると楽しくて仕方がありませんわね、ということです。そして物語の騎士のようにかっこよくイレイズ様を救うのですわ」

「なるほど、どきどきしますね！」

勇ましく犯人を追い詰めてイレイズを助けにいく様を想像したエルシーは、クラリアーナと顔を見合わせて大きく頷いた。

「絶対にイレイズ様を助け出しましょう！」

◆

「お妃様、朝食をお持ちいたしました」

そう言ってワゴンを押しながらやってきたのは、ほっそりとした赤毛の少女だった。年のころはエルシーと同じくらいだろう。

「ありがとう。ええっと、あなたは？」

昨日の夕食時は、拘束されたララの代わりに別のメイドが運んできていた。

エルシーが訊ねると、少女はダーナたちが整えたテーブルに朝食を運ぶ手を止めて、メイド服の裾を持つとちょこんと頭を下げる。

「マリニーと申します。ララの代わりに、お妃様の部屋を担当することになりました」

マリニーもララと同じく近隣の村に住んでいる少女らしい。

スチュワートは、近隣の村や町に住む少年少女を積極的に雇っていて、城の中には十代の使用人がとても多い。彼らは行儀見習いもかねてここで仕事をし、数年経つと、新たな勤め先としてほかの家へ紹介状を書いてもらえるそうだ。スチュワートはそうした地域の雇用の斡旋《あっせん》に力を入れているらしい。

　マリニーも二年前からここで働きはじめたそうで、来年、住んでいる村の代官の家の使用人になる予定だという。

「そう……ララはまだ解放されないのね」

　一晩経っても解放されないということは、犯人が捕まるまでずっと拘束されるのだろうか。

　ララが心配になったエルシーがつい暗い声を出せば、マリニーは顔を強張《こわば》らせて拳を握った。

「あの！　ララが犯人なはずありません！　何かの間違いです！　あたし、ララとは仲がいいんですけど、ララはすごく明るくて優しくて、そしてちょっと臆病なんで、人を傷つけられるはずがないんです！」

「ええ、もちろんよ。わたくしもララが犯人だなんて思っていないわ。ララが早く解放されるように、わたくしも力になるわ」

　そのためには早く犯人を捕まえなくてはならない。エルシーがこっそり決意に燃えていると、マリニーがホッと息を吐きだした。

「大きな声を出してすみませんでした。でも、本当に、ララがお妃様に毒を盛るはずがないんです。だって、そんなことをしてもララにはなんの得もないんですから。ララには病気のお母さんがいて、ここを追い出されたりしたら薬代が払えなくて困るんですよ？　お妃様に毒を盛ったって一ロランにもならないのに、そんなことをする必要がどこにあるんですか？」

ロランというのはこの国のお金の単位だった。地域によって多少の差はあるが、だいたい一ロランで麦が一摑み買える。

「毒？　え？　クラリアーナ様に毒が盛られたって、どこで聞いたの？」

「どこと言いましても、すっかり噂になっていますよ。あれ、違ったんですか？」

肯定も否定もできずに、エルシーは曖昧に笑った。誰かが毒だと騒ぎ出したようだと昨日フランシスが言っていたが、一夜明けて、すっかり古城中に広まる噂になっていたらしい。妃候補が噂しているのを部屋付きメイドが聞いて、それが城中の使用人に広まったのだろうと推測できるが、人の口に戸は立てられないというから、仕方がないのかもしれない。

エルシーは部屋で朝食をとったのちに、クラリアーナの部屋へ向かった。

真犯人を見つけてイレイズの無実を証明するのだと息巻いていたクラリアーナだが、スチュワートから部屋を出る許可がもらえなかったので、今日は自室にコンラッド騎士団長を呼びつけて聞き込みをする手段へ変更したのだ。そこにはもちろん、エルシーも同席するように言われている。

エルシーが部屋に入ると、クラリアーナはベッドの上に上体を起こして本を読んでいたが、今日はばっちりメイクをして、髪を巻き、ざっくりと胸元の大きく開いたクリーム色のドレスを着ていた。

「おはようございます、クラリアーナ様」

クラリアーナは本から顔を上げると、艶然と微笑んだ。

「おはようございます、セアラ様。ご足労いただいて申し訳ございませんでしたわね」

「いいえ、それは大丈夫です！　クラリアーナ様はお加減はいかがですか？」

エルシーだって、イレイズを早く解放してあげたい。そのために調査をするのだと言われれば、協力するのは当然だ。

「わたくしはなんともございませんのよ。ただ今朝少し食欲がなかっただけですのに、まだ体調が万全ではないのだろうとスチュワート様が大騒ぎして、部屋から出ることを禁止されてしまいましたのよ。まったく、大げさなんですから」

クラリアーナは肩をすくめて、本を閉じると、コンラッド騎士団長が来るまでおしゃべりしましょうとエルシーを手招いた。

クラリアーナの侍女の一人であるリリナがお茶を用意してくれる。

一杯目のお茶がなくなったころ、控えめに扉が叩かれて、灰色の髪を一つに束ねた、黒のシャツとトラウザーズ姿のコンラッド騎士団長が姿を現した。

いつも穏やかな微笑みを浮かべているコンラッドだが、今日はその整った顔に憂いを浮かべている。

「お呼び立てして申し訳ございませんでしたわね。わたくし、スチュワート様のご命令でこの部屋から出ることができませんものですから」

「それがよろしいでしょうね。薬を飲まれても、体にかかった負担まで取り除かれるわけではございませんから」

コンラッドは微笑んで、エルシーがすすめた椅子に浅く腰掛ける。

「それで、ご用件とは？」

「イレイズ様が薬草園にいたときのことでちょっと」

コンラッドは、ぴくりと形のいい眉を動かした。

「コンラッド騎士団長はイレイズ様が薬草園にいらしたときに一緒にいたのでしょう？　どうしてそれを証言しないのかしら。少なくとも、イレイズ様が薬草園にいらしたときに一人ではなかったとわかれば、薬草園で毒を入手したのではないかという疑いは晴れるはずですわ」

確かに、イレイズの身を守るために彼女を拘束していた方がいいとフランシスは言ったが、疑いをそのままにしておく理由はない。イレイズを犯人に仕立て上げなくとも、事情聴取のためなどと理由をつけて監視することはできるからだ。イレイズのためにも不名誉な噂は早々に晴らしておいた方がいい。

「お答えできかねます」

コンラッド騎士団長が硬い表情で首を横に振った。

クラリアーナは細い眉を跳ね上げた。

「まあ。それでしたら、わたくしがイレイズ様とあなたが一緒に薬草園にいたと証言すれば、あなたは共犯者にされてしまうかもしれませんわね。それでも？」

「……私も、プーケット侯爵令嬢も、薬草園で毒のある植物を採取したりしておりません」

「だから、どうしてそれを証言しないのかしら？　それとも、聞かれてはまずいような何かがありまして？」

クラリアーナはしばらく無言でコンラッドを見つめていたけれど、一つため息をつくと、部屋にいた二人の侍女、リリナとサリカに部屋から出るように告げた。

部屋の中にクラリアーナ、コンラッド、エルシーの三人だけになる。

クラリアーナは意地の悪い笑みを浮かべた。

「逢引《あいび》きでしたら、もっと人気のない時間帯を狙うのでしたわね」

コンラッドは弾《はじ》かれたように顔を上げた。

「そのようなことは――」

「だったらどうして言えないのかしら？　……ああ、心配せずともよろしくてよ。わたくし、妃候補たちの事情には詳しいんですの。陛下以上に、ね。フランシス様には必要な情報は提供しますけれど、わたくしの一存で黙っていることもいくつかありますのよ。その中の一つに、イレイズ様とあなたの関係がございますわ」

エルシーは驚いた。思わず声を上げそうになって、両手で自分の口を押さえる。その言い方ではまるで――

クラリアーナは目を丸くするエルシーを見て、目元を柔らかく細める。

「イレイズ様とコンラッド騎士団長は、イレイズ様が王宮に入る前から恋仲ですわ。ただ、イレイズ様……プーケット侯爵家は、王宮へ入ることについて早めに打診が入っていた家ですから、イレイズ様はコンラッド騎士団長との関係を公にすることはできなかったのですわ。おそらく、イレイズ様のご家族もご存じないのではないかしら？　知っていてお二人の関係を解消させずにイレイズ様を王宮に上げたとなると、大問題ですものね」

コンラッドは硬い表情のまま押し黙ってしまったが、クラリアーナが「もちろん、このことはイレイズ様の名誉のためにも口外するつもりはありません」と言うと、諦めたように頷いた。

「あなたの言う通りです。ですが、あの日は別に……ただ、プーケット侯爵令嬢――イレイズが、クッキーを焼いたから、と。朝の散歩をしていたときに、本当にたまたま呼び止められただけで、……薬草園にいたのは、そこが一番人目に付かなかったからというだけです」

クッキーというと、エルシーとクラリアーナとイレイズの三人で焼いたレーズンクッキーのことだろうか。コンラッドがタンポポの根を採取してくれたときに、お礼にレーズンクッキーをあげたことがあるが、彼はこれが好物なのだと言っていた。

（そう言えば、イレイズ様はレーズンクッキーを作るときにとても楽しそうだったわ）

なるほど、恋人の好物であるから張り切っていたのだろう。

エルシーが一人納得して頷いていると、コンラッドは難しい顔で続けた。

「ですけど、イレイズが私にクッキーを渡したなどと知られれば、変に勘繰る人間も出てくるでしょう。だから言えません」

「それでイレイズ様が疑われても？」

「犯人がわかれば、おのずとイレイズの嫌疑は晴れます」

「では、真犯人に心当たりが？」

「……ありません」

クラリアーナは大げさにため息をついた。その顔は、「役立たず」と言いたげにしかめられている。

「もういいですわ」

帰っていいとクラリアーナが面倒くさそうに手を振ると、コンラッドは立ち上がって一礼した。

しかし、彼が出て行く前に、クラリアーナが思い出したように声をかけた。

「そうそう。……イレイズ様が心配なのはわかりますけど、監視と称してイレイズ様の部屋に張り付いていては、そのうち勘のいい人間は気づきますわよ。お気をつけ遊ばせ」

コンラッドは弾かれたように扉の前で振り返り、もう一度頭を下げると、無言で部屋から出て行った。

（でもまさか、イレイズ様とコンラッド様が恋人同士だったなんて知らなかったわ）

クラリアーナの部屋を出るとき、彼女からはこのことは内密にしておくように言われたけれど、なかなかに重たい秘密だ。もちろん口外するつもりはないけれど、万が一フランシスがイレイズを妃にと望んだらどうなるのだろう。

（泥沼三角関係？）

泥沼三角関係、というのがどういうことなのかはっきりとはわからないが、暮らしていた修道院の近所の村に住む恰幅《かっぷく》のいいおばさんが、自分の娘が二人の男に取り合われて泥沼三角関係なんだと言っていた。きっと一人の女性に対して二人の男性が好意を寄せることを「泥沼三角関係」というのだろう。

（あれ？　でも肉屋のおかみさんは横恋慕とか言っていた気がするわ。うーん？）

泥沼三角関係と横恋慕、どちらが正しい表現なのだろうかと考えながら、エルシーは庭の薬草園に向かう。ダーナが一緒に行くと言ったけれど、今日は一人になりたいと言って丁重に断った。イレイズの嫌疑を晴らすために真犯人捜しをすると言えば、絶対に反対されるからだ。

今日の空は少し曇っていて、そのせいか気分まで重たくなりそうだ。

薬草園に向かったのは、そこになんらかの証拠が残っていないだろうかと思ったからだった。クラリアーナに盛られた毒――蜂蜜に混入されていた毒は、薬草園にある植物のものだったらしい。確か、赤い実がどうとかクラリアーナが言っていた。ここから採取されたならばなんらかの痕跡が残っているはずだし、なければ別ルートで仕入れたものということになる。後者の場合、コンラッドと会っていたことを言わなくとも、イレイズの無実を証明することができるはずだ。

黙って薬草園に入るのも気が引けたので、庭師のポムを探したが、庭が広すぎて発見することができなかった。仕方なく、今度会ったときに薬草園を見させてもらったと伝えておこうと決めて、エルシーは薬草園に足を踏み入れる。

そこそこ広い畑だったが、きちんと区分けされていて、それぞれ各プレートに植えられている植物の名前が書いてあった。

一つ一つの植物をくまなく確かめながら進んで入ると、薬草園の一番奥――ちょうど、木の陰に隠れている部分に一人の女性を見つけてエルシーは足を止めた。

(あれは……ミレーユ様だわ)

ミレーユ・フォレス伯爵令嬢だ。エルシーから見えるのは後ろ姿だったけれど、オレンジ色の髪は少し珍しいから、間違いないだろう。

エルシーは声をかけようと思ったけれど、その前に、ミレーユはまるで誰かに見られることを恐れているかのように足早に立ち去ってしまった。

エルシーは不思議に思ってミレーユがいた場所に向かい、思わず目を見開いた。

「なんてこと！」

せっかく植えられた植物が踏み荒らされている。植物たちをわざと踏みつけたように、ほとんどの植物が踏まれてぺしゃんこになっていた。

（大変だわ！　このままだったら枯れてしまう！）

エルシーにはどうすることもできないが、庭師のポムなら助けられる植物もあるかもしれない。

エルシーは慌てて、庭師のポムを探して走り出した。

ワンピースの裾をつまんでぱたぱたと庭を走っていると、前方から二人の騎士とともに歩いて来たフランシスがギョッとした。

「エ――セアラ！　お前、なんて格好をしているんだ！」

思わず怒鳴られて、エルシーはビクリとして立ち止まった。

走りやすいようにワンピースの裾をつまみ上げているから、膝より少し上まで足が丸見えだが、それが問題なのだろうか。

ぱっとワンピースの裾から手を放したけれど、フランシスはずんずんと大股で近づいてきて、じろりと睨みつけた。

「そんなに足を出して庭を走り回るんじゃない！」

やっぱり足が問題だったようだ。でも、エルシーは裾丈が膝下のワンピースを好んで着ているから、言うほど大差ないと思う。ちょっと太ももが見えただけだ。

納得いかないなと思いながらも、相手は国王陛下なので逆らうわけにはいかない。素直に謝れば、フランシスは額に手を当てて、大仰に息をついた。

「あんなことがあったあとなのに、お前はここで何をしているんだ。一人でうろうろするな」

「は！　そうでした！　ポムさんを探さなくちゃいけないんで、失礼します！」

「ポム？　こら、待て！」

フランシスに一礼して走り去ろうとしたのだが、その前に彼に手首を掴まれて押しとどめられてしまう。

植物が生きるか死ぬかの瀬戸際でとても急いでいるのに、邪魔をしないでほしい。

「ポムって誰だ」

「庭師のおじいさんです！　薬草たちが死んじゃうかもしれないんで離してください！」

「はあ？」

「だから薬草たちが踏まれて瀕死《ひんし》で大変なんですってば！」

その場で足踏みをしながら、エルシーが早口で説明したのに、フランシスはますます解せない顔をした。

「どういうことだ？」

「だから！　薬草園が踏み荒らされているんですってば！　このままだと植物が死んじゃいますっ」

「薬草園が？　案内しろ」

「だから――」

「庭師なら騎士たちに探させる」

フランシスが二人の騎士に目配せすると、彼らは一礼してくるりと身を翻した。ポムを探してくれるのだろう。

エルシーは「もうっ」と心の中で毒づきながら、諦めてフランシスを薬草園まで案内することにした。

踏み荒らされた薬草畑まで案内すると、フランシスがその場に膝をつき、ぐっと眉を寄せる。

「トリカブトか」

「はい？」

「だから、この荒らされた畑に植えられていた植物だ」

植物の種類が重要なのだろうか？　たとえ道端に生えている草花だって、踏み荒らされたら可哀そうだ。トリカブトだろうがなんだろうが関係ない。

だというのに、フランシスは踏まれたトリカブトを一つ一つ確かめて、こめかみを押さえた。

「女の足跡だな」

エルシーはハッとした。足のサイズまで見ていなかったが、言われてみれば男性の靴にしては小さい。

（もしかして、ミレーユ様が!?）

だとすれば、どうしてこんなひどいことをするのだろうか。

「ここに、掘り返した跡もある。……だがおかしいな、トリカブトの毒では……」

エルシーが沸々とした怒りを覚えていると、フランシスが畑の一角を指さして何やらぶつぶつと言い出した。

（本当だ、掘り返されているわ。あれ？　でもミレーユさまは何も持っていなかったけど……）

では、薬草畑を荒らしたのはミレーユではないのだろうか。

どういうことだろうとエルシーが首をひねっていると、騎士の一人が庭師のポムを連れて戻ってきた。

ポムは荒らされた畑を見て顔を強張らせると、「なんてことだ！」と怒りながらシャベルを手に踏まれたトリカブトを掘り起こしはじめる。大丈夫な株とダメな株をより分けて、植え替えるようだ。

手伝えることがあれば手伝いたかったが、薬草園の植物には毒があるものも多いので不用意に触れないようにと言われていたから、エルシーがいては邪魔になるだけだろう。

フランシスに促されて、エルシーは薬草園をあとにすることにした。

結局、イレイズの無実を証明するような手掛かりは見つけられなかった。赤い実をつける植物というのも見当たらなかったから、もしかしたら昨日の事件のせいですべて刈り取られてしまったのだろうか。

(グランダシル様にイレイズ様が早く解放されますようにってお祈りして帰りましょう)

エルシーが礼拝堂に寄って帰ると言えば、フランシスも付き合うという。彼は騎士たちに先に戻っているように告げて、エルシーの手を摑んで歩き出した。

「そう落ち込むな。一刻も早く犯人を捕まえられるように手は尽くしているから」

フランシスがポン、とエルシーの頭に手を乗せる。

エルシーはこくんと頷いて、礼拝堂の重厚な扉を開き、そしてふと首を傾げた。

何かがおかしい。

「エルシー？」

扉の前で立ち尽くしたエルシーに、フランシスが途中で振り返って不思議そうな顔をした。

エルシーはじーっと礼拝堂の中を見つめて、息を吞むと駆け出した。

「グランダシル様⁉」

「エルシー⁉」

入り口から祭壇に向かって走り出したエルシーに、フランシスが慌ててついてくる。

「エルシー、礼拝堂の中を走るな。危な――」

フランシスの声が聞こえるが、エルシーはそれどころではなかった。

礼拝堂に入ったときに覚えた違和感。それはグランダシル神の像が見当たらなかったことだった。

礼拝堂の祭壇の奥には、グランダシル神の像があった。それはどこの神殿も同じで、今朝、礼拝堂に祈りに来たときには確かにあったのだ。

それなのに、どうしてなくなっているのだろうかと祭壇に近づいたエルシーは、言葉を失って立ち尽くした。

エルシーのすぐあとにやってきたフランシスも、祭壇の奥を見つめて目を見開く。

「……なぜ」

フランシスが茫然とつぶやいたけれど、エルシーの耳には入らなかった。

（……誰が）

ふ、とエルシーは息をついた。

「ふ、ふふ、ふふふふ……」

その低い笑い声に、フランシスがぎょっとした。

「エルシー？」

「ふ、ふふふふふふふ……」

「エルシー!?」

フランシスがエルシーの両肩に手を置いて小さく揺さぶったけれど、エルシーの視線は祭壇の奥から動かせなかった。

エルシーは、笑いながら泣いていた。

エルシーの視線の先。そこには、無残にも砕かれたグランダシル神の石像がある。

誰かが引き倒した。そうとしか思えない壊れ方だった。

(誰が……誰がこんな罰当たりなことを……!)

怒りで頭がどうにかなりそうなのに、ぼろぼろと涙が溢《あふ》れて止まらない。

エルシー、とフランシスにもう一度名前を呼ばれて、それでも反応できないでいたら、ぐいっと彼の胸の中に引き寄せられた。

砕かれたグランダシル神の像だけを映していたエルシーの視界が、フランシスが着ていたダークブルーのシャツに変わる。ミントのようなさわやかな香りがした。

「落ち着け、エルシー」

優しい声がして、ポンポンと背中を叩かれる。

どのくらいそうされたのかはわからないが、やがて、怒りのためにカチコチになっていた体からすーっと力が抜け、ぼろぼろと溢れていた涙が止まると、エルシーは息をついてフランシスの胸の中で顔を上げた。

「もう、大丈夫です。取り乱してすみませんでした」

そう言って、グランダシル神の像に視線を戻したが、壊された像を見るとまた頭に血が上りそうになる。

頭を左右に振って冷静になると、エルシーは大きく深呼吸をした。

(落ち着かないと。怒ったってグランダシル様の像が元通りになるわけじゃない。そんなことより、早く像を起こして……ああ、これだけ壊れていたら、修復できないかもしれないわ)

腕や足が砕けて折れ、胴も真っ二つ。幸いにして首と頭はつながっていたけれど、だからどうにかなるという問題でもないだろう。相手が石像でも、ここまで壊れていたら元には戻らない。

壊れた石像に伸ばそうとするエルシーの手を、フランシスが摑んで止めた。

「エルシー、ここの石像については、至急、職人に作らせるように言おう。ここにいてはお前が冷静でいられないだろうから一度外に出ないか?」

「でも……」

新しい石像を手配するのならば、あの壊れた石像はどうなるのだろうか。

グランダシル様は天にお住まいで、この石像は彼の姿を模したただの像であることはわかっているけれど、「処分」という言葉が脳裏をよぎったエルシーはここから立ち去るのをためらった。

不安そうにしていると、フランシスがエルシーの肩を引き寄せて、そっと耳元でささやく。

「あの石像なら問題ない。彫像師は、失敗した像や、撤去した像などを供養し埋葬する方法を知っている。あの像のことも、悪いようにはしないさ」

エルシーはホッと胸を撫でおろした。

フランシスに肩を抱かれたまま、エルシーは礼拝堂から連れ出されると、背後でぱたんと閉まった扉を思わず振り返る。

そして、きゅっと唇を引き結ぶと、砕かれた石像を思い出しながら心に誓った。

(待っていてくださいグランダシル様。グランダシル様の大切な像にあんなことをした犯人は、絶対にわたくしが捕まえて反省させてみせますからね!)


フランシスに部屋まで送り届けてもらったあと、ダーナとドロレスとともに昼食をとったエルシーは、監視下に置かれているララの様子を見に行くことにした。

蜂蜜に毒を混入した嫌疑のかかっているララは、村の家に帰ることも許されず、城の一室に軟禁状態だ。きっとさぞ心細い思いをしているだろう。

ララが閉じ込められている部屋は城の一階の東の端にあった。一階にはこの城に寝泊まりしている使用人が使っている部屋や、今はフランシスが連れてきた騎士たちが使っている客室があるが、ララが閉じ込められているのはその客室の一部屋だった。

エルシーが部屋へ向かうと、扉の前で見張りをしていた二人の騎士が愛想よく微笑んだ。

「ララに会いたいのですけど、会えますか？」

エルシーが訊ねると、騎士たちは困った顔をして顔を見合わせた。この様子だと、面会を禁止されているわけではないけれどどうしたらいいのかわからない、といったところだろう。

一人の騎士がコンラッド騎士団長に確認に行くと言ったので、確認が終わるまで扉の前で待たせてもらうことにする。

ついでに、ララのための差し入れに持ってきていたレーズンクッキーを、一人残った騎士に差し出せば、彼は嬉しそうに受け取ってすぐに口に入れた。

「お妃様のこのクッキーは本当に美味いですね」

「まあ、ありがとうございます」

褒められれば嫌な気はしない。にこにこと礼を言うと、騎士は茶目っ気たっぷりに片目をつむった。

「ええ。陛下もずいぶん気に入っているようですよ。なんでもそのせいでクライドは陛下にクッキーを奪われたとかで、落ち込んでいました」

「まあ！」

なんと、フランシスは他人のクッキーを奪い取ったらしい。

（陛下ったら食いしん坊さんね。今度からたくさん渡しておかないと、トサカ団長がまたクッキーを取られてしまうかもしれないわ）

トサカ団長ことクライドは、エルシーがクッキーを渡すとすごく嬉しそうな顔をしてくれたから、クッキーが好物なのだろう。彼はアップルケーキも好物だし、甘いものが好きなのかもしれない。今後、クライドが悲しい思いをしなくてもいいように、フランシスには多めにお菓子を渡して、くれぐれも他人の物は取らないように忠告しておかなくては。

「クッキーはまだあるから、可哀そうなクライド副団長に差し入れておきますね」

「そうしてあげてください。眉を下げてこーんな顔になっていましたから」

「ふふふ、本当にそんなおかしな顔になっていましたの？」

騎士と顔を合わせてくすくす笑いあっていると、もう一人の騎士に連れられてコンラッド騎士団長がやってきた。

「ケイフォード伯爵令嬢、どういうつもりですか？」

なんだか咎めるような顔つきだ。何も悪いことをしたつもりはないのに。

「ララとお話がしたいだけですよ？」

「あのメイドは、今は監視中で……」

「でも、ララはわたくしの部屋付きのメイドでしたもの。様子くらい見させていただいてもいいじゃないですか。きっと心細い思いをしているわ。イレイズ様と同じで」

イレイズの名前を出すと、コンラッドは少し眉を寄せて、それから大げさに息を吐きだした。

「わかりました。少しだけですよ。それから私も同席します」

「……騎士団長みたいな背の高い男性が部屋に入ったら、ララが緊張してしまうと思うのですけど」

「扉の所に立っていますから、それならば大丈夫でしょう？」

「まあ、そういうことなら」

ここでごねてララの部屋に入ること自体禁止されてはたまらない。エルシーは渋々了承して、コンラッドとともに部屋に入った。

貴人用ではないが、二人部屋の客室だけあって部屋の中は広かった。だが、ララはその広い部屋の隅で膝を抱えて座っていた。

「ララ？」

エルシーが声をかけると、ララはぱっと顔を上げた。その両目は泣き腫らして真っ赤になっていて、エルシーは思わず、コンラッドが悪いわけではないとわかっていたけれど彼に非難めいた視線を向けてしまった。

「お妃様？」

「ララ、大丈夫？　クッキーを持ってきたの。少し食べられそうかしら？」

ララはまだ十四歳の少女だ。蜂蜜に毒を混入した嫌疑がかけられていれば、絶望して憔悴しても当たり前だった。

エルシーが怯えさせないように声をかけながら近づけば、ララはぼろぼろと泣き出して、両手で顔を覆った。

「わたしっ、わたしっ、何もしていないのに……っ」

「もちろんよ、ララ。ララが何もしていないと、わたくしは信じているわ！」

「だったらどうしてっ、どうして閉じ込め……っ」

ひっくとしゃくりあげて、いやいやをするように首を振りながら泣くララを見て、エルシーは持ってきた差し入れの入った籠を近くに置くと、両手を広げて彼女を抱きしめた。

「大丈夫、大丈夫よ。陛下も犯人を捜してくださっているの。もう少し我慢したらここから出られるわ」

ララはぎゅうっとエルシーに抱きつくと、しばらく声を上げて泣き続けたが、ひとしきり泣いて落ち着いたのだろう、小さな嗚咽《おえつ》を上げながら顔を上げた。

エルシーが促せば、部屋の隅から立ち上がって、ソファに移動してくれる。

クッキーはあるけれどお茶がないので、コンラッドに頼めば、彼は扉を小さく開けて外にいた騎士にメイドに茶を二つ準備させるように言ってくれた。

紅茶が用意されると、エルシーは一つをララの前に置いて、持ってきた籠からクッキーを取り出した。

ララはティーカップを両手で抱えるようにして持って、一口だけ舐《な》めるように飲むと、落ち着いてきたのか、細く息を吐き出して「取り乱してごめんなさい」と言った。

「いいのよ。誰だってこんなところに閉じ込められたら心細いもの」

こんなことならもっと早く様子を見に来ればよかったと後悔しながら微笑めば、ララもぎこちなく微笑み返してくれる。

そして、ララは何が起こったのか教えてほしいと言った。ララは詳しい事情を聞かされないまま、毒物を混入した嫌疑とだけ告げられて部屋に閉じ込められたらしい。それは不安になるのも頷ける。

エルシーもそれほど詳しく知っているわけではないが、クラリアーナが毒に倒れたこと、その毒が蜂蜜に混入していたこと、イレイズにも嫌疑がかかっていて閉じ込められていることなどをかいつまんで説明する。

ララは黙って聞いていたけれど、エルシーが二人が飲んでいたのがラベンダーティーだと告げた瞬間、急に顔色を変えた。

「戦女神《ヴァルキュリア》様の呪いだわ！」

ララは突然そう叫んでブルブルと震えはじめた。

エルシーが驚いて、ララを落ち着かせようと背中を撫でるけれど、彼女の震えはひどくなる一方で収まらない。

「戦女神様《ヴァルキュリア》が起きられたのよ。おばあちゃんに聞いたのと一緒だわ！　きっとまた悲劇が起きるのよ……！」

「悲劇が……？」

エルシーがコンラッドを振り返ると、彼は小さく頷いて、さっと部屋から出て行った。

エルシーはてっきりコンラッドが、興奮状態にあるララのために医者を呼びに行ってくれたものと思ったのに、彼が連れてきたのはなぜかフランシスとスチュワートだった。

エルシーは唖然《あぜん》として、それから大きく息をついた。

(男の人って、無粋だわ！)

エルシーはじろりとコンラッドを睨みつけたあとで、ララを守るように抱きしめた。


「あまり近づかないでくださいね、怖がらせちゃいますから」

ララを抱きしめてエルシーが言えば、フランシスとスチュワートは顔を見合わせたけれど、部屋の入り口近くから近づいてこようとはしなかった。

そのことにホッとしつつ、エルシーは、ララの気分が落ち着くようにと彼女の背中を撫で続ける。

しばらくそうしているとララの震えは収まったが、怯えた子供のように、エルシーにしがみついたまま離れようとはしなかった。

「セアラ」

フランシスが小さな声で呼んだので、エルシーは顔を上げて、それから小さく頷いた。

ララのことは心配だが、先ほどの彼女の発言はこのままにしておけない。真犯人がわからない以上、どんな些細《ささい》な手がかりでも欲しいのはエルシーも同じだった。

しかし、震えている彼女に高圧的に物を訊ねてはもっと怯えさせてしまうかもしれない。フランシスはそのつもりがなくとも、国王陛下から質問を受ければ、それだけで重圧を感じてしまうだろう。だからエルシーが訊ねることにした。

「ララ、その、もしよかったら教えてくれないかしら？　戦女神《ヴァルキュリア》様の呪いってどういうことなの？」

ララは真っ青な顔をして、最初はためらうようなそぶりを見せていたけれど、やがて何かを恐れるような小さな声で話しはじめた。

「わたしはおばあちゃんから……おばあちゃんはおばあちゃんのお母さんから……そうして伝えられてきた戦女神《ヴァルキュリア》様の言い伝えがあるんです。……戦女神《ヴァルキュリア》様はずっとずっと昔、このお城に住んでいた王様に恋をしました。戦女神《ヴァルキュリア》様は王様が大好きで、けれども王様には十三人のお妃様がいて、戦女神《ヴァルキュリア》様はそのお妃様に強く嫉妬したそうです。戦女神《ヴァルキュリア》様は王様を独り占めしたくて、お妃様たちを亡き者にしようとしたけれど、お妃様たちは戦女神《ヴァルキュリア》様から身を守ろうと、毎日戦女神様《ヴァルキュリア》の嫌いなラベンダーの香りのするお茶を飲んでいました。ラベンダーの香りが嫌いな戦女神様《ヴァルキュリア》はお妃様たちに近づけなくて、でもどうしても王様を独り占めしたくて、あるとき、山のミツバチの巣に毒を仕込みました。戦女神様《ヴァルキュリア》はお妃様たちがラベンダーティーに蜂蜜を入れて飲んでいたことを知っていたのです。そして、そのミツバチの巣から採った蜂蜜を入れてラベンダーティーを飲んだお妃様たちは全員死んでしまいました。たった一人だけ残ったお妃様は、たまたまラベンダーティーに蜂蜜を入れなかったから生き残ることができたのです。だから、このあたりではラベンダーティーに蜂蜜を入れて飲むと、戦女神様《ヴァルキュリア》の呪いで命を落としてしまうと言い伝えられているんです」

「知っていますか、叔父上？」

「いや……」

ララの話を聞いたフランシスがスチュワートに訊ねるが、彼は緩く首を横に振った。

「そんなことは聞いたことがないし、私もこれまでラベンダーティーに蜂蜜を入れて飲んだことがあるが、特に体に変調はきたさなかった。だが、そう言い伝えられているくらいだ、過去に何かあったのは確かだろうな」

「調べてみましょう」

フランシスがコンラッドに目配せすると、彼は無言で頷いて部屋から出て行った。

フランシスは遠慮がちにエルシーとララのそばまで寄ると、怯えさせないように配慮してか、その場に片膝をつく。

「その言い伝えは誰でも知っているのか？」

「……わたしの村に住む人なら、ほとんどの人が知っていると思います」

「そうか……。ほかになにか言い伝えられていることはないか？　どんな些細なことでもいいんだが」

ララはちょっと考え込んで、それからぽつりと言った。

「……よそ者を刈る騎士のお話があります。よそ者が嫌いな戦女神《ヴァルキュリア》様は、騎士に命じて彼らの命を刈り取るのです。だから、よそから来た人は、戦女神《ヴァルキュリア》様の嫌いなラベンダーを窓辺につるし、夜はしっかり戸締まりをしなければなりません。そうしないと戦女神《ヴァルキュリア》様の命令で、騎士が首を刈りにやってきますから」

「ラベンダーをつるせば騎士も入ってこないのか？」

「戦女神《ヴァルキュリア》様の嫌いな香りを身にまとったら、戦女神《ヴァルキュリア》様から叱られてしまいますから、騎士たちもラベンダーがつるしてあれば入ってきません」

「その話も君の村ではみんな知っているのか？」

「はい。おそらくは」

「そうか。ありがとう。……そしてすまないが、君はもう少しここにいてほしい。できるだけ早くに出してあげられるようにするけれど、今はまだ出してあげられそうにないんだ」

フランシスが穏やかな声で言うと、ララは俯《うつむ》いて小さく頷いた。

エルシーがもうしばらくララと一緒にいたいと伝えると、フランシスとスチュワートは念のためコンラッドの代わりの騎士を一人見張りにつけると言って部屋を出て行く。

(呪いなんて……本当なのかしら……?)

神様は天罰を下すことはあっても、誰かを呪うようなことはしない。エルシーはそう思ったけれど、ララの怯えた表情を見ていたらそんなことは言えなくて、そっと目を閉じた。

彷徨う騎士

皆が寝静まった夜、彼はむくりとベッドから起き上がると、カーテンを開けた。

窓の外には輪郭のぼやけた欠けた月が浮かんでいて、空にはまだ薄い雲の膜があることを物語っている。

夜遅くまで騎士たちが警備をしているが、さすがにこの時間には皆就寝したようだ。

(チャンスは、今しかない)

彼女が、何かしようとしていることは知っていた。彼のために、彼を止めるために、このままでは彼女はその穢《けが》れの知らなかった手を血に染めることになるだろう。

彼の計画を知って、あの優しい女の子は涙を流したけれど、幼いころから叩き込まれた価値観はどうしても変えることはできなかった。

どんなに泣かれようと、縋《すが》りつかれようと、たとえこの身が滅びようとも、やらなければならないことがある。

——わたくしはそのためだけに嫁いだの。

――あなたは、そのためだけに生まれてきたの。

繰り返し繰り返し……それこそ生まれたその日から繰り返された呪いの言葉。

彼の体にはその呪詛《じゅそ》がべったりと染みついていて、どんなに洗い流そうとしても、まっさらには戻れない。

「――俺は、そのためだけに、生まれてきた……」

死ぬまで呪いの言葉を吐きつづけたあの人は、もういない。

けれども消えない呪いは、呪いを吐く人がいなくなっても、生き続けている。

彼は踵《きびす》を返すと、物音を立てずに部屋を出た。

城の廊下には赤い絨毯が敷かれていて、足音を殺すにはちょうどいい。

城の玄関から外に出ると、彼は静かに背後を振り返って、小さく笑う。

自分はきっと、死ぬだろう。

「どうか君は、幸せに」

つぶやいたささやきは、少し冷たい夜の風に攫《さら》われて、静かに消えた。

◆

次の朝、礼拝堂から戻った直後に耳に飛び込んできたベリンダ・サマーニ侯爵令嬢失踪の情報は、エルシーを驚愕《きょうがく》させるに充分だった。

侍女仲間から話を聞いてきたダーナとドロレスによれば、ベリンダ付きの侍女が彼女を朝起こしに行ったときにはすでに彼女は部屋におらず、枕がナイフか何かで切り裂かれており、羽毛が散乱していたという。そしてさらには、カスタードクリーム色の長い髪が床にばらまかれていた。

カスタードクリーム色の髪と言えばベリンダのものと同じ色だった。

部屋にはベリンダが傷を負ったことを示唆するような血痕などはなかったそうだが、クラリアーナの事件があったあとだ。切り裂かれた枕と散乱した髪の毛を見た侍女の一人は戦慄し悲鳴を上げ、一人は失神してしまったらしい。

侍女が悲鳴を上げたとき、エルシーは外にいて、立ち入り禁止の札とロープがかけられた礼拝堂の前をうろうろしていたのでその悲鳴は聞こえなかったのだが、聞きつけた侍女やメイドや妃候補たちが集まって騒然となったそうだ。

グランダシル神の像が砕かれた礼拝堂は、フランシスの一存でしばらく使用禁止にされていて、朝の日課ができなかったエルシーは落ち着かなかったが、諦めて封鎖された扉の前で祈りを捧げて城に戻り、そのことを知ったのである。

ベリンダは三階の東側を使っているが、エルシーが戻ったときには彼女の部屋の前には見張りの騎士たちがいた。

「何がどうなっているのかしらね」

遠目から茫然とそれを眺めていたエルシーが、背後から声をかけられて振り返ると、そこには相変わらず妖艶なドレスを着たクラリアーナが立っていた。ようやく部屋から出る許可が得られたようだ。

クラリアーナと二人で遠巻きにベリンダの部屋の扉を見ていると、フランシスが中央階段を上ってきた。

「今日は一日部屋の中で過ごしてくれ」

フランシスはベリンダの部屋を確認しに来たようだが、エルシーとクラリアーナの姿を見つけると、険しい顔でそう言った。スチュワートと相談し、危険から遠ざけるために妃候補たちは部屋から出さない方がいいだろうという結論に至ったらしい。

すべての部屋に一人ずつ護衛のための騎士を配置するそうだ。

「まあ、せっかく部屋の外に出られましたのに」

クラリアーナは不満そうに息をついたが、フランシスに睨まれて肩をすくめる。こんなことのあとだからか、フランシスは気が立っているようで、軽口は通じなさそうだった。

エルシーは言われた通りクラリアーナと別れて部屋に戻った。

ダーナとドロレスも不安そうに出窓につるされているラベンダーを見る。

「本当に、何がどうなっているのでしょうか。クラリアーナ様に続いてベリンダ様もなんて……、この地に住むとされる戦女神様《ヴァルキュリア》が、よそ者のわたくしたちを追い出そうとしているのでしょうか？」

ダーナがぽつりと言えば、ドロレスがふるふると首を横に振って「怖いことは言わないでちょうだい」と言う。

エルシーも戦女神《ヴァルキュリア》の呪いなど信じたくはなかったけれど、こうも続けば本当に何かがあるのかもしれないと思わずにはいられなかった。

（グランダシル様の像も壊されてしまったし……、そのせいでグランダシル様の守りが薄れているのかもしれないわ）

皆を愛し、慈しみ、守ってくれるグランダシル神を信じていれば大丈夫だと思う一方で、そんな不安が脳裏をよぎる。

グランダシル神を信じ、いずれはシスターとなって彼の妻になることを目標とするエルシーが、グランダシル神の力に不安を覚えてはいけないとわかっていつつも、立て続けに不穏なことが起きたからだろうか、ちょっと怖い。

こういう時こそ礼拝堂で祈って心を落ち着けたいのに、礼拝堂は封鎖されていて中には入れないし、どうしたらいいのだろう。

グランダシル神の像を壊した犯人もまだわからない。

グランダシル神の像を壊した犯人と、今回の二つの事件を起こした犯人は別人だろうか。……

どうしてかエルシーには、関係があるとしか思えなかった。

ララの言うところの、戦女神様《ヴァルキュリア》の騎士が城を徘徊《はいかい》して、よそ者を排除しようとしているのではないだろうか。

(悪いことを考えたらダメよ。しっかりしないと。ベリンダ様も、きっと無事よ。……グランダシル様。どうかわたくしたちをお守りください)

エルシーは立ち上がり、窓の外に見える礼拝堂にそっと祈りを捧げたのだった。


朝から部屋で過ごしたエルシーたち妃候補は、夜になって、晩餐のために一階のメインダイニングに集まった。

イレイズの拘束はまだ解かれていないので姿はなかったが、クラリアーナは下りてきていた。

ベリンダはまだ見つかっておらず、ダイニングの雰囲気は重たい。

遅れると報告のあったフランシスとスチュワートはまだ姿を現していないが、イレイズとベリンダを除く十人の妃候補たちは全員そろっていて、各々好きな席に座っていた。

エルシーはクラリアーナとともに、席を争う倍率の低いフランシスたちの席から一番遠いところに腰を下ろして、八人の妃候補たちを見るともなく眺めていた。

あんなことがあったというのに、妃候補たちがフランシスの席の近くに座りたがるのは相変わらずで、中には近くに座る妃候補をけん制するように睨んでいる人もいる。

なんだかむしろ、ライバルが減って喜んでいるように見える人までいて、エルシーは気分が重たくなってきた。

「わたくし思うのだけれど、クラリアーナ様の件はベリンダ様が犯人だったのではないかしら」

まだ晩餐もはじまっていないのに、すでにこの場から解放されたくなったエルシーが俯いた時、誰かがぽつりとつぶやいた。

え、とエルシーが顔を上げると、最初にその発言をしたのが誰かはわからないが、数人がそれに同調したように頷いて口々に勝手なことを言いはじめた。

「クラリアーナ様に毒を盛って、怖くなって逃げ出したのよ」

「枕を引き裂いたのはきっと攫われたと見せかけるためね」

「まあ、恐ろしいわ」

そう言い合いながら、彼女たちはくすくすと笑っている。

それを遠目に見ながら、クラリアーナが鼻白んだ。

「勝手なことばかり言うものね」

いつもなら大声で言って妃候補たちを煽るクラリアーナだが、イレイズのことがあるからか、ぽつりと独り言のようにつぶやいただけだった。

エルシーも、さすがに彼女たちの意見には同意できなかった。わざわざ枕を引き裂いて、自分の髪を切ってまで逃げる必要がどこにあったろう。それに、もし本当にベリンダが犯人ならば、逃げた彼女はどこに消えたというのか。もちろん現段階では何もわかっていないので、決めつけるのもよくないとは思うけれど、エルシーは攫われたと考える方が妥当だと思う。

それに、ベリンダがクラリアーナに毒を盛ったのならば、その動機はなんだというのだろう。単にライバルである妃候補の数を減らすことが目的ならば、自身が失踪しては意味がない。蜂蜜の中に毒を混入させた方法もわからないし。

何もわからないことだらけなのに、憶測で誰かを犯人扱いして笑うなど悪趣味でしかない。エルシーは人を陥れるようなことを言うべきではないと止めようとしたけれど、口を開く前に、誰かがバン！　と強くテーブルの上を叩いた。

その大きな音に、メインダイニングの中は水を打ったように静かになる。

「最低ね」

嫌悪感をあらわにそう吐き捨てたのは、ミレーユ・フォレス伯爵令嬢だった。

ミレーユはベリンダを犯人扱いして笑う三人を強く睨みつけた。

「ベリンダが犯人ですって？　だったらどうやって毒を盛ったのか証明してみなさいよ。その空っぽな頭ではどんなに考えたって無理でしょうけどね！」

ベリンダを犯人扱いしていた三人はカッと顔を赤くして、怒鳴り返した。

「なんですって!?　あなたの方こそどうなのよ！　ベリンダ様とは従姉妹《いとこ》同士なのでしょう？

あなたがベリンダ様を匿《かくま》っているのではなくて!?」

「そうよ！　なんならあなたも共犯なんじゃないの!?」

「聞けばフランシス様をしつこく追い回しているっていうじゃない！　妃候補の数が減れば嬉しいわよねえ？」

あんまりな言い分だった。

それに、フランシスは妃候補たちに追い回されていると言っていたから、それはミレーユ一人に言えることではないだろう。

ミレーユはガタンと音を立てて立ち上がった。

「本当に頭が空っぽね。どうやってベリンダを匿うというの？　部屋の中には侍女がいるし、扉の前には騎士もいる。その状態で匿えるものなら教えてほしいわね。馬鹿馬鹿しい！　気分が悪いわ！　今日の晩餐は結構よ！」

「まああ、逃げるの？」

くすくすと一人が笑い出した。

その瞬間、ミレーユはテーブルの上に置いてあったカトラリーからフォークを一つ掴むと、笑っている妃候補の顔に突きつけた。

ひっと息を呑んで表情を強張らせた彼女に向かって、酷薄な笑みを浮かべて言う。

「逃げる？　本当に馬鹿なことを言うものね。わたくしはあなたの顔をフォークで刺して投獄されても、別に構わないのよ。試してみましょうか？」

「おやめなさい！」

これにはさすがに黙っていられなかったのか、クラリアーナが口を挟んだ。

ミレーユはちらりとクラリアーナに視線を向けたあとで、乱暴にフォークをテーブルの上に投げると、くるりと踵を返して無言で部屋から出て行った。

しーんと重たい沈黙が落ちる室内で、ベリンダの悪口を言っていた三人が真っ青な顔で震えている。

気まずい空気の中、エルシーはこのままでははじまってもいない食事がまずくなるような気がして、努めて明るい声を出した。

「ええっと、皆様、ほら！　ミレーユ様ってば、きっとお腹がすいてイライラしていたんだと思いますわ！」

「まあ……ふふ、まったく、セアラ様ってば」

クラリアーナが目を丸くしたあとで、くすくすと笑い出す。

気まずそうにしていた妃候補たちも、一人、また一人と思わずというように失笑をこぼしはじめた。

ややあって、フランシスとスチュワートが遅れてやってきたが、さすがに今日は、彼らにまとわりつく元気はなかったようだ。やけにおとなしい妃候補たちにフランシスは怪訝《けげん》そうだったが、特に何かを言うわけでもなかった。

食事の前に、端的に今晩は早めに就寝することと、朝まで部屋の外へは出ないようにと注意事項を述べて、給仕係に食事を配膳するように命じた。

(クラリアーナ様のことに続いて、ベリンダ様もいなくなってしまったから、陛下たちもすごく警戒しているみたいね。当然だけど。……それにしても、イレイズ様、一人ぼっちの夕食で心細くないかしら？)

いつもより静かな晩餐の席で、エルシーはふと、イレイズの部屋で一緒に夕食をとればよかったと思ったのだった。


フランシスの言いつけ通り、早く寝ることにしたエルシーは、メイドのマリニーが用意してくれた風呂に入って、早々にベッドにもぐりこんだ。

ダーナとドロレスが部屋の灯《あか》りを落として続き部屋に引っ込むと、暗い天井をぼんやりと見つめる。

早く寝ろと言われても、いつもよりも一時間以上早いので、まだ全然眠たくない。

カーテンの隙間から漏れ入ってきた月明かりが、一本の線のように部屋を横切っていた。

今日はよく晴れていたから、月も綺麗に輝いているのだろう。

月明かりの差し込む夜の礼拝堂はとても幻想的で美しいだろうが、部屋から出てはいけないと言われているので見に行くこともできない。残念だ。

（グランダシル様の像……、誰が壊したのかしら）

石像を作るには時間がかかる。エルシーたちが滞在している間に完成することはないだろう。つまり礼拝堂はずっと封鎖されたままだ。

神様の像を破壊するなんて罰当たりなことをする人間を捕まえて反省させたかったけれど、これでは礼拝堂に張り込むこともできないし、クラリアーナの件やベリンダの件があるから、絶対にフランシスは許してくれない。

シスター見習いとして、エルシーはグランダシル神に仇《あだ》なすものを反省させる義務があるのに、ままならないものだ。

せめて、犯人が捕まったあとで話をするくらいは許されるだろうか。修道院の院長カリスタのようにうまく教えを説くことはできないけれど、二度と同じ過ちを繰り返さないように、犯人を改心させなくてはならない。

（それに……もし、もしもよ？　クラリアーナ様に毒を盛ったり、ベリンダ様を攫った犯人と、グランダシル様の像を破壊した犯人が同じだったら、それこそしっかり反省してもらわないとダメだわ。だってクラリアーナ様は一歩間違えれば死んでいたかもしれないのだし、ベリンダ様だって攫われて心細いはずだもの、やってはいけないことはシスター見習いとしてきちんと諭さないと！）

カリスタは罪を犯した人のことを「迷える子」と呼ぶ。大人でも子供でも同一にそう呼ぶのは、創世の時代から永遠を生きるグランダシル神から見れば、大人でも子供でも等しく「子」であるからだそうだ。

カリスタはその「迷える子」である罪人を、罪と言う名の迷宮から救い出さなければならないと言った。正しく教え、導くことで、誰しも改心することができる。カリスタはそう信じているし、カリスタに育てられたエルシーもまたそうであると信じている。

だから、今回の犯人にしてもきっと、丁寧に教えを解けばわかってくれるはずだ。カリスタ以上に時間がかかるかもしれないけれど、エルシーは犯人をきちんと反省させ、正しい道に戻したい。

これだけ大きな事件であれば、エルシーの希望でどうこうなるものではないかもしれないけれど、せめて一度だけでも話をさせてもらえれば嬉しい。

（はあ……それにしても、やっぱり眠れないわ）

エルシーはごろん、と寝返りを打った。――その時だった。

コンコン、と小さな音がして、エルシーは飛び起きた。それは本当に小さな音だったけれど、間違いなく扉を叩く音だった。

まだ夜とはいえ早い時間ではあるけれど、いったい誰だろう。

エルシーはベッドから下りて、そーっと扉に近づいた。エルシーの部屋を担当していたのはトサカ団長――クライド副団長だったけれど、彼だろうか。

しかし、小さく扉を開けたエルシーは目を丸くした。

「へ――」

「し！」

エルシーの口を人差し指で蓋をして笑ったのはフランシスだった。

扉の隙間から勝手に部屋の中に体を滑り込ませると、フランシスはぱたんと扉を閉めてしまった。

「……陛下、どうしたんですか？」

「部屋を移ることにしたんだ」

「は？」

今、フランシスはよくわからないことを言わなかっただろうか。

フランシスは薄暗い部屋の中を、カーテンの隙間から入り込んでいる月明かりを頼りに横切ると、当たり前のようにソファに座った。

「だから今日、俺はここで寝る」

「はい!?」

決定事項のように言わないでほしい。そして当たり前のようにソファに横にならないでほしい。

（というか、国王陛下をソファで寝かしたらダメよね？）

いくら広いソファでも、さすがにまずいだろう。フランシスは背が高いから足が余っている。

エルシーは慌ててフランシスのそばに寄ったが、クッションの一つを枕にしたフランシスは、なんだか楽しそうに笑っている。

「部屋の前に騎士たちを配備したり、城内を巡回させたりしているから、騎士の数が少し足りないんだ。だから俺がここで過ごせば、騎士の数を節約できるだろう？」

この部屋はクライドが見張っているが、もともとクライドはフランシスの護衛だった。つまりはじめから、フランシスはここに来るつもりだったということか。

エルシーはあきれたが、至極当然な顔をして「これも皆の安全のためだ」と言われては言い返せなかった。なにか間違っている気がするのに、そう思う自分が間違っているような気もしてきて、よくわからなくなってくる。

「事情は……本当はよくわかりませんが、とりあえずわかりました。でもソファで寝るのはダメだと思いますよ。風邪を引いちゃいますし、首とか背中とかが痛くなっちゃいます」

「だがベッドは一つしかないだろう？」

「はい。だからわたくしがソファで寝るので、陛下はベッドを――」

「却下だ。それではエルシーの首や背中が痛くなるだろう？」

「わたくしは背が低いので大丈夫だと思いますよ」

エルシーの身長ならば、ソファにすっぽり収まるはずだ。だから、身長が高いフランシスがベッドを使うべき。そう主張したけれど、フランシスは「ダメだ」と言って首を横に振る。

だがエルシーも引くわけにはいかない。しばらく押し問答を続けていたが、どうあっても結論が出ないので、エルシーはむーっと眉を寄せた。

するとフランシスがにやにや笑いながら「一緒に寝れば解決だな」と言った。

エルシーはポンと手を打った。

「なるほど！」

「……なに？」

「だから、一緒に寝ればいいんですよね？　ベッドはとても広いので、問題ないと思います」

「は？」

これに焦った声を出したのは、なぜかその提案をしたはずのフランシスだった。

「待て待て、それはさすがにまずい」

「どうしてですか？　陛下がおっしゃったのに。名案だと思いますよ！」

「いや、だから……」

エルシーは急いでベッドまで行くと、布団をはぎとって、クッションを間に置くことでベッドを真っ二つに分ける。

「こちら側がわたくしで、あちら側を陛下が使えばいいんです」

「…………エルシー、お前はいくつだ」

「十六です」

知らなかったのだろうか？　また、どうしてここでエルシーの年齢を訊ねたのだろうか。

意味がわからず首をひねったが、フランシスは大きなため息をついただけだった。

「……お前は純粋すぎて困るな」

「はい？」

「いや、もういい。そちら側で眠れば満足なんだな」

「はい！」

エルシーが大きく頷くと、フランシスは諦めたようにソファから起き上がった。

「先に言っておくが、明日、侍女たちが起こしに来て不都合な思いをするのはお前だとだけ告げておこう」

エルシーはきょとんとして、それから笑った。

「よくわかりませんけど、二人よりわたくしの方が早起きですから、二人がわたくしを起こしに来ることはありませんよ」

「……………………そうか」

フランシスは疲れたように言って、ベッドにもぐりこんだ。

◆

すやすやと規則正しい寝息が薄暗い室内に響いている。

就寝時間が早かったためか、エルシーはなかなか寝つけない様子で、先ほどまでベッドの中央に並べられたクッションを挟んでフランシスとぽつりぽつりと他愛ない話をしていた。その声が不意にぷつりと途切れたかと思うと、びっくりするほどあっさりと眠りに落ちたのだ。

フランシスはごろりと寝返りを打って、枕の上に肘をついて頭を支えると、クッションの奥にあるエルシーの顔を覗き込んだ。

安心しきった様子で眠っているエルシーの寝顔は、起きているときよりも少しだけ幼く見える。

(まったくお前は、この状況で寝るのか)

クッションで線引きがしてあるとはいえ、一つのベッドに男がいるというのに、無警戒で眠りにつくなんて考えられない。

フランシスはエルシーの部屋に強引に入り込んだ自分のことを棚上げして、あきれたため息をついた。

扉の外には見張りのクライドだっているので、それで安心しているのかもしれないけれど——エルシーはわかっていないのだ。

妃候補に挙がった時点で、国王は彼女たちに手を出す「権利」がある。過去にも、妃候補の時点で国王の子を身ごもった妃の例もあり、世継ぎが求められる国王にはむしろそれが推奨されているくらいだ。

つまり、候補の時点ですでに、彼女たちは国王に差し出されたも同然の立場で、一年を終えて国王の妃におさまらなかった場合でも、彼女たちは国王の手のついた「下がりもの」としての扱いを受ける。

普通、ほかの男の「手がついた」女性は結婚競争で不利になるのだが、国王だけは例外で、むしろ妃候補であったことは国王との強いつながりがあるとみなされて、妃になれなくとも引く手あまただという話だ。

馬鹿馬鹿しい話だが、そう言う理由で、もしもフランシスがこの場でエルシーに手を出したとしても、止める人間はどこにもいないし、エルシーが拒否した場合彼女が悪いとみなされる。

もちろんフランシスはエルシーに無体を強いるつもりはないし、第一彼女がセアラ・ケイフォードの身代わりだと知っているのに手を出せば、エルシーに軽蔑されるのはわかっていた。

なんとかしてこのままエルシーを手元に置く手段はないものかと考えてはいるものの、それはフランシスが勝手に考えていることで、エルシーに何をしてもいいという理由にはならない——のだが。

（はあ、忍耐力を試されている気分だ）

フランシスは上体を起こすと、手を伸ばしてエルシーの頬をふにっとつついてみた。

エルシーは子供のころとほとんど変わらない、マシュマロのように弾力のあるすべすべの肌をしている。あまりに触り心地がよかったので、ずっとふにふにしていたら、エルシーの眉がむーっと寄った。

起きるかと思ってぱっと手を離したが、起きる気配はなく、エルシーはむにゃむにゃと言葉になっていないが明らかに文句とわかる不機嫌そうな声で何かを言って、またすーすー寝息を立てる。

フランシスはホッとして、それから顔にかかったエルシーの柔らかい銀色の髪を払ってやった。

「……まったく、人の気も知らないで」

フランシスは女性を信用しないし、大半の女性が好きではないけれど、エルシーは例外だった。

子供のころに一緒に過ごしたのはわずか一か月ほど。たまに思い出すことはあっても、捜し出そうとまでは思わなかった。それなのに、妃候補として入ってきた「セアラ・ケイフォード」が実はエルシーだったとわかった途端、どうしようもなく彼女が欲しくなって、手放したくなくなった。

子供のころと変わらない、純真でくるくると変わる表情。さすがに男が隣にいて熟睡できる能天気さは考えものだと思うけれど、エルシーだから仕方がないと思う自分もいる。

昔から女性を毛嫌いして遠ざけてきたフランシスには、この感情が恋なのかどうなのかはわからないけれど、どうせ妃を娶らなければならないならエルシーがいい。というか、エルシー以外の女性を愛せる自信がない。

問題は、エルシーの言うところのセアラの痣が治ったあと、身代わりで王宮に入っているエルシーをどうやってつなぎとめるかだ。

手段を選ばなければいくらでも方法はあるのだが、修道院が大好きなエルシーに強引な方法はとりたくない。

（まあ、これは王都に帰って考えるか。……今は、消えたベリンダの件だな）

クラリアーナに毒を盛った犯人もまだわかっていない。

こんな危険そうな場所にエルシーを置いておくのは不安だったが、クラリアーナが毒を盛られ、その嫌疑がイレイズにかかり、さらにはベリンダが消えたこの状況では、フランシスは事件が解決するまではここを動けないだろう。さすがに妃候補が三人も関わっているとなると無視できない。

エルシー含め、事件に関係のないほかの妃候補たちだけを王都へ帰すことも考えられたが、エルシーをフランシスの目の届かないところへ向かわせるのは不安だった。大丈夫だとは思いたいが、フランシスがエルシーを気にかけているのはほかの妃候補たちも知っている。クラリアーナがバックにいるためエルシーが攻撃されることはないけれど、フランシスもクラリアーナもそばにいないとなるとわからない。

エルシーだけを王都へ帰すわけにもいかないだろう。

(というか、むしろほかの妃候補たちを追い出したいがな)

ベリンダが失踪したというのに――いや、だからこそそれを理由に妃候補たちがフランシスの部屋に押し寄せて、怖いから一緒にいてくれと言い出す始末だ。

早く就寝しろと言ったのに、フランシスの部屋には何人もの妃候補たちが押しかけてきて、フランシスの護衛をしていたコンラッドが追い返しはしたけれど、懲りずに夜中にもやってきそうな雰囲気だった。

だから、護衛の騎士の数が心配だと言ったのは建前で、フランシスは部屋に押しかけて来る妃候補たちが面倒で、エルシーの部屋に避難したというわけである。

立て続けに事件が起きたからエルシーのことも心配だったし、そばにいれば彼女を守れて一石二鳥だ。

フランシスは手を伸ばし、もう一度エルシーの頬をふにっとつつく。

(癒やされる……)

フランシスは笑って、エルシーの頭を軽く撫でたあと、ベッドにもぐりこんで目を閉じた。

◆

「きゃああああああああ!!」

絹を引き裂くような甲高い悲鳴が響いたのは、夜明け前のことだった。

(え、なに!?)

エルシーとフランシスが飛び起きたのはほぼ同時で、ややあって続き部屋からランタンを片手にダーナとドロレスが部屋に飛び込んできて、フランシスの姿を見て悲鳴を上げた。

「陛下っ!?」

「いつこちらへ!?」

しかしフランシスはそれには答えず、部屋の扉を開いて廊下を確かめた。

まだ日が昇る前なので、廊下は薄暗くてよく見えない。

「貸してくれ」

フランシスはダーナの手からランタンを奪うと、そのまま部屋を出て行った。

エルシーもベッドから下りてフランシスについて行こうとしたが、すかさず回り込んできたダーナとドロレスに止められる。

「そんな格好で外に出てはいけません」

エルシーは夜着姿の自分を見下ろした。別に裸ではないんだからいいだろうと思ったけれど、ダーナの剣幕には逆らえない。

仕方なく、エルシーは夜着の上にガウンを羽織ってフランシスが戻ってくるのを待っていることにした。

まだ夜明け前なので、メイドを呼びつけてお茶を用意させるわけにもいかず、ダーナが水差しからコップに水を入れて持ってくる。

そして、ソファに座るエルシーの前で仁王立ちになると、にこりとすごみのある笑みを浮かべる。

「それでお妃様。どうして陛下がこちらへ？」

ベッドを確認していたドロレスも、微笑みを浮かべてダーナの隣に立った。頬に手を当てて、小首を傾げる。

「何もなかったようですけど、だからこそ余計に不思議ですわねえ」

「？」

ドロレスの言う意味がわからず首をひねっていると、ダーナが額に手を当てた。

説明を求められたので、エルシーがフランシスは護衛の騎士の数を減らすためにここに来たと言えば、二人はますます解せない顔をした。

エルシーがさらに、フランシスがソファで寝ると言ったからベッドをすすめたら一緒に寝ることになったと言えば、大仰にため息をつかれる。

「それでただ同じベッドで眠っただけですか……はあ、お妃様はなんというか……いろいろすごいことをなさるというか……」

「本当ならば陛下がお部屋にいらしたことを喜ぶところなのでしょうが、これでは喜べませんわねえ」

ダーナもドロレスも、なんでそんなに残念な子を見るような目を向けてくるのだろう。

エルシーはもとより早起きだが、ダーナもドロレスもすっかり眠気が飛んだようで、エルシーへの追及を終わりにして部屋のカーテンを開けた。

小さな雲が少し浮かんではいるものの、紫色の空はすんでいて、今日はよく晴れるだろうと思われた。

エルシーが立ち上がって、窓から庭を見下ろせば、庭には薄霧がかかっていてぼんやりしていた。

今日も礼拝堂には入れないだろうなとエルシーが礼拝堂のある一角に視線を向けたとき、霧の中に人影のようなものを見かけた気がして目をこする。

「どうされました？」

「あ、うん。あのあたりに誰かいたような気がしたんだけど……」

エルシーが礼拝堂の近くを指させば、ダーナとドロレスがそちらを確かめて首を横に振る。

「何も見えませんわよ」

「そうですよ。こんな朝にもなっていないような時間に、誰かが庭に下りるはずありませんわ」

「うーん、でも、さっき黒い影が横切ったような気がしたのよね」

エルシーが腕組みして左右に首を傾げていると、ドロレスが二の腕をこする。

「やめてくださいませ。お化けでもあるまいし」

「なるほど、お化けだったのかしら？」

「お妃様！」

ドロレスが小さな悲鳴を上げて、聞きたくないと両手を耳に当てた。

「お妃様。滅多なことを言うものではありません」

ダーナが少し低い声で諫《いさ》める。ベリンダの失踪があったあとだ、ダーナの言う通り、怖がらせるような発言はすべきではなかった。エルシーは顔を強張らせているドロレスとダーナに「ごめんなさい、多分気のせいよ」と言って、もう一度だけ礼拝堂のあたりを確かめたあとでソファに戻る。

それから少ししてフランシスが戻ってきたけれど、その表情は強張っていて、疲れたように左右に首を振りながら言った。

「悪いが、今日も部屋の中で待機だ。ジュリエッタ・ロマニエが不審な騎士を見かけたらしい」

ジュリエッタ・ロマニエ伯爵令嬢は、王宮の部屋割りが右から十番目の妃候補だ。

藍色の髪に黒い瞳の十七歳。昨日、メインダイニングでベリンダを陥れるような発言をして、ミレーユと喧嘩《けんか》をした三人の妃候補のうちの一人だった。

先ほど聞こえた悲鳴はジュリエッタのもので、フランシスによると、彼女はフランシスの部屋の近くの廊下でへたり込んで泣いていたという。

二階の西にあるフランシスの部屋には、彼がエルシーの部屋で休んでいたから見張りの騎士はいなかった。

フランシスの左右両隣の部屋は空室で、中央階段を挟んで東側の一番奥にはスチュワートの私室がある。二階には妃候補たちの部屋はなく、スチュワートとフランシス、それから騎士の中でも身分の高いコンラッドとクライドの部屋があるだけであとは空室だ。そのため、フランシスがエルシーの部屋にいるから、護衛の騎士はスチュワートの部屋の前に一人いるだけの状態だった。

それなのに、ジュリエッタは一人の騎士がフランシスの部屋から出てくるのを見たらしい。

騎士はジュリエッタがいた中央階段の方角へは来ず、廊下の突き当たりに向かって走って行ったという。

城には中央階段のほかに、東西の奥にも階段があるので、その階段を使ったのだろうと推測できた。

ジュリエッタの証言によると、騎士は兜を身に着けていたという。

ここにいる間、フランシスが王都から連れてきた第四騎士団の騎士たちには、甲冑などの重たくて無粋な装備品を身に着けなくてもいいと伝えてあったので、鎧や兜を身に着けているというのはいささか不思議な話だった。

ジュリエッタは暗がりではっきりとは見えなかったと言ったけれど、目にした騎士が身に着けていたのは兜だけで、鎧は身に着けていなかったらしい。鈍色《にびいろ》に光る抜き身の剣を握りしめていたそうだ。

「剣……ですか」

エルシーは青くなった。

「ああ。ジュリエッタによると、騎士がよく使う長剣ではなく、短剣だった気がすると言っていたが、ジュリエッタはランタンも持っていなかったし、そのあたりの記憶は曖昧だろう。何しろ彼女はひどく怯えていて、冷静ではなかったからな」

フランシスは泣きじゃくるジュリエッタを駆けつけてきたクライドとコンラッドに任せて、エルシーの部屋に戻ってきたらしい。

「俺はこれからまた戻らなくてはならないが、ジュリエッタが見たという騎士の正体がわからない以上、くれぐれも部屋から出ないでくれ。お前のことだ、礼拝堂に入れないとわかっていても建物のそばまで行こうとするだろう？　すまないが今日は我慢してほしい」

礼拝堂へ行けないのは残念だったが、そういう事情ならば仕方ないだろう。

エルシーが頷けば、フランシスは小さく笑って、エルシーの頭を撫でると部屋から出ていった。

そのころには窓の外の空もだいぶ明るくなってきて、フランシスと入れ替わるようにメイドのマリニーがやってきた。マリニーは通いではなくここで寝泊まりしていて、何やら城内が騒がしいので、いつもより早く目が覚めたという。わざわざお茶を用意して様子を見に来てくれたようだ。

「不審者が出たと聞きましたが、大丈夫でしょうか？」

マリニーは、つい先ほどメイド長から、不審な人物を見かけたらすぐに知らせるようにと言われたらしい。何があったのか詳しくは知らないそうだが、不安そうな顔をしていた。

「昨日様子を見に行ったときにエマが戦女神《ヴァルキュリア》様の呪いだと怯えていましたけれど、本当に、何が起こっているのでしょうか」

エマというのはミレーユ・フォレス伯爵令嬢の部屋付きメイドだった少女で、クラリアーナの事件のあとにララと同じように身柄が拘束されて、一階の部屋に閉じ込められている。

メイドたちは手が空いた時間に、ララやエマに食事を運んだり、話し相手になりに行ったりしているそうで、マリニーは昨日の夕方、エマの部屋に食事を届けに行ったときに少し話をしたらしい。

エマが戦女神《ヴァルキュリア》の呪いだと怯えていると聞いて、エルシーは首をひねった。

ララは戦女神《ヴァルキュリア》の伝承は村に伝わっていると言っていたけれど、エマも知っているのだろうかと思っていると、どうやらエマはララと同じ村の出身だそうだ。

マリニーは戦女神《ヴァルキュリア》の伝承については、多少聞き及んだことがある程度で、あまり詳しくなく、エマが何に怯えているのかはわからなかったという。

戦女神《ヴァルキュリア》と聞いて思い出したのは、ララの語った言葉だった。確かララは、戦女神《ヴァルキュリア》の騎士がよそ者を刈ると言っていた。だから夜はしっかり戸締まりをして、窓辺にラベンダーをつるさなくてはならない、と。

（まさか、ね）

ジュリエッタは騎士を見たと言っていたが、それだけで騎士が戦女神《ヴァルキュリア》の騎士と決めつけるのは早計だ。しかし、仮にもしその騎士が戦女神《ヴァルキュリア》の騎士だったならば、誰の命を刈り取りに来たのだろうか。そこまで考えて、エルシーは震えた。

ジュリエッタが騎士を見たのはフランシスの部屋の近くだという。

ジュリエッタが何故二階にいたのかはわからないが、二階の西の部屋を使っているのはフランシスとコンラッド、そしてクライドの三人だけだ。

（まさか戦女神《ヴァルキュリア》の騎士は陛下を狙って……？　でも、陛下はこの国の国王陛下で、よそ者なん

かじゃないわ）

この古城も、王家の持ち物だ。王族――国王であるフランシスのものと言い換えてもいい。だから女神の騎士の狙いがフランシスであるはずがないのだ。

けれども一度覚えた不安は、インクの染みのように胸の中に広がっていく。

（礼拝堂に行きたい。グランダシル様にお祈りしたい）

いつもグランダシル神が守ってくれている。そう信じているけれど、エルシーの心のよりどころであるグランダシル神の像は壊され、礼拝堂は封鎖されてしまった。

エルシーは胸の前で手を組むと、ぎゅっと目を閉じる。

（しっかりしないと。もしこれが本当に戦女神《ヴァルキュリア》様の起こしたことならば、このままだったらみんな危ないかもしれないのよ。どうしたら戦女神《ヴァルキュリア》様のお怒りが鎮まるか考えないといけないわ）

ララならば、戦女神《ヴァルキュリア》の怒りを鎮める方法を知っているかもしれないし、知らなくても何か手掛かりになるようなことがわかるかもしれない。

部屋に閉じこもって怯えているだけでは、何も解決しないはずだ。

（そうよ。早くイレイズ様やララを解放してあげるって決めたんだもの。二人が犯人ではないと証明しないといけないの。わたしはシスター見習いなんだから、神様の呪い一つで縮こまっていたらいけないのよ、エルシー！）

エルシーは自分の頬をパンっと両手で叩いて、気合を入れた。

◆

エルシーの部屋を出たフランシスは、いったん自分の部屋に戻ることにした。

二階の部屋の前まで行くと、ジュリエッタを彼女の部屋に戻したコンラッドとクライドの姿がある。エルシーが心配だったので、クライドには彼女の部屋の警護に戻るように告げて、フランシスはコンラッドとともに部屋に入ろうとし――眉を寄せて動きを止めた。

(鍵が開いている)

昨夜、エルシーの部屋へ向かうときに扉を施錠したはずだった。鍵はフランシスのポケットに入っている。念のため部屋着の胸ポケットを確かめたが、金色の鍵は確かにここにあった。

フランシスはドアノブから手を離して、ドアノブと鍵穴を確かめた。スペアキーはあるが、それは城の執事が管理している。生真面目な執事がフランシスの部屋を無断で開けるとは思えない。

「壊されている。見てみろ」

フランシスは鍵を確かめてから、コンラッドに向かって指さした。

この城は古く、使われている部屋の鍵も同じように年代物だ。それゆえ、作りが簡単なうえに、壊そうと思えば簡単に壊せる。

フランシスの部屋の鍵は、刃物か何かで壊された痕跡があった。

「陛下、部屋の中を確かめますのでお下がりください」

コンラッドが警戒した声で言って、慎重に扉を開け、隙間から中を確かめたあとで部屋の中に身を滑り込ませた。ややして、コンラッドは大きく部屋の扉を開けて、異常はありませんと首を横に振る。

フランシスも部屋の中を確認したが、荒らされた痕跡はどこにもなかった。

念のため一つ一つを確かめながら部屋の中を一周したフランシスは、ベッドのそばに小さな血痕が落ちていることに気が付いて足を止める。

「誰かが部屋に入ったのは間違いなさそうだ」

「……鍵を壊したときに怪我でもしたのでしょうか？」

「かもしれないな」

フランシスが頷くと、コンラッドはすぐに動いた。近くにいた騎士を呼び止め、十人ほど騎士を集めてくるように命じる。誰かが部屋に侵入したとなると、毒殺を狙った線なども考えて、部屋を隅々まで確認しなくてはならない。

「部屋を移った方がよさそうだな」

「そのようですね。すぐに別の部屋を用意します」

「ああ」

この部屋の確認と、別の部屋の用意が済むまで部屋を出ていてほしいと言われて、フランシスは護衛の騎士を二人ほど連れて庭に下りることにした。

庭を散歩していると、ハーブ園にスチュワートの姿を見つけた。籠を手にしているから、またラベンダーを取りに来たのだろう。

「おはようございます、叔父上。またラベンダーですか？」

「ああ。部屋につるそうと思ってね」

フランシスは目をぱちぱちとしばたたいた。

「叔父上ともあろう人が、まさか戦女神《ヴァルキュリア》の呪いを？」

「信じているわけではないが、魔除けのようなものだ。……クラリアーナの部屋にな」

ああ、なるほど、とフランシスは頷いた。

スチュワートは昔からクラリアーナを実の妹のように可愛がっている。彼女に毒が盛られ、ベリンダが行方不明になり、今朝不審者が現れたとなれば、スチュワートがクラリアーナを心配するのは当然だった。

スチュワートが丁寧にラベンダーを摘んでいくのを眺めていたフランシスは、ふと、その奥に見える礼拝堂に視線を向けた。

グランダシル神の像が破壊されているのを見つけてから、立ち入り禁止の札を立て、周囲をロープで囲んでいる。代わりの像は発注しているが、何分大きな像なので、仕上がるのに時間がかかるだろう。

しかし気になるのは、何故わざわざあの重たい石像を壊したか、だ。考えられることと言えば、石像を盗み出そうとして誤って倒してしまったかだが、果たして見るからに重たい石像を盗もうとする人間がいるだろうか。

我が国シャルダンでは神への信仰を強制していない。昔はそれこそ各地でそれぞれ違う神を信仰しており、国も取り締まることなく自由にしていた。そして今でも信仰は自由意志に任せている。

そんな中、グランダシル神の信仰がシャルダンで爆発的に増えたのは、各地にグランダシル神の礼拝堂が建設されはじめたのがきっかけだった。

それまで貴族の結婚式は領地や王都の自分の邸《やしき》でひっそりと行われていたのだが、それが何かのきっかけで礼拝堂で行われるのがブームになり、一気に数が増えたのだ。

その時、率先して各地に礼拝堂を建てはじめたのがグランダシル神信仰の信者たちで、結果、この国に存在する礼拝堂の大半がグランダシル神を祀るものとなった。

そして、礼拝堂が増えると、壮麗な造りのその建物に足を運ぶ人間が増えるもので、自然とグランダシル神はシャルダン国で一番信仰されている神になったというわけだ。

さらに言えば、礼拝堂の建立とともに、もともとグランダシル神を信仰していた者たちが各地に修道院を建てはじめ、生きとし生ける子を愛するというグランダシル神の教えのもと、身寄りのない子供や、貧困などの理由から親元で育てられない子供などを集めて孤児院の真似事をはじめた。

国としても、そういった慈善活動は推奨すべきものだったので、運営を許可して補助金を出した。その結果、修道院で育った子らが各地でグランダシルの教えを説き、さらにグランダシル神の信仰が増え、今に至る。

そういった経緯で、グランダシル神の信仰者が増えたため、国としても彼らを取り込んだ方が政もしやすくなると、城をはじめとする王家ゆかりの地にも礼拝堂を建てさせたのが六代前の国王だった。

それゆえ、この場所にも礼拝堂があるのだが、当初、戦女神《ヴァルキュリア》の信仰が残っていたこの地に礼拝堂を建ててグランダシル神の像を置くことに抵抗があったのも事実らしい。

(だが、あの事件が起こってからは逆に、戦女神《ヴァルキュリア》を恐れるがゆえにグランダシル神に縋るようになった、か)

ララの発言があるまで、この地の戦女神《ヴァルキュリア》信仰とグランダシル神の関係については、フランシスはさほどの興味も覚えていなかった。

グランダシル神の礼拝堂が各地にあるのは今では当たり前になっていたから、戦女神《ヴァルキュリア》を信仰していたこの地にそれがあってもなんら不思議に思わなかったからだ。

「叔父上、今から百五十年ほど前にこの地で起こった事件を知っていますか？」

「事件？」

スチュワートが訝しげに眉を寄せた。

「この地が戦に巻き込まれたのは何百年も前のことだろう？」

「戦のことではありません。百五十年前……六代前のユリシス国王の時代に、この地で妃候補の毒殺事件が起こっているんです。ララが語っていた戦女神《ヴァルキュリア》の呪いの真相ですよ」

「は？」

スチュワートは目を見張った。

無理もない。フランシスも知らなかったのだ。百五十年前のこの事件は王家の黒歴史として箝口令《かんこうれい》が敷かれ、闇に葬られていたからである。歴史書にも載せられていない。しかし、百五十年前の話とは言え、探せば口伝えに知っている人間はいるもので、当時この城で執事を務めていた男の末裔《まつえい》から話を聞くことができた。

百五十年前、ユリシス国王は十三人の妃候補を連れてこの地へ避暑にやってきていた。

そんなある日、十三人の妃候補たちは庭でお茶会を開いたそうだ。その日ふるまわれたのはラベンダーティーで、ラベンダーティーが苦手なユリシス国王は参加しなかったという。

ラベンダーティーと一緒に蜂蜜が出され、たった一人の妃候補を除いて全員がラベンダーティーに蜂蜜を落として飲み、そして死んだ。蜂蜜に毒が混入されていたのだ。

残った一人の妃候補はショックで倒れ、その日の記憶の一切を忘れてしまったという。一時は彼女が犯人と疑われたが、彼女はたまたま蜂蜜のアレルギーを持っていて、事件にはなんの関係もなかった。

そして捕らえられた犯人は妃候補たちにつけられていた侍女の一人で、ユリシス国王がたわむれに手を出した女性だった。

妃候補が全員消えれば、自分が妃になれると勘違いした侍女が、戦女神《ヴァルキュリア》の呪いを装って犯行に及んだらしい。

犯人の侍女は処刑され、残された一人の妃候補がユリシス国王の唯一の妃となった。

これが、ララが怯えながら語った戦女神《ヴァルキュリア》の呪いの真相だ。

ユリシス国王がこの事件に関して箝口令を敷いたから、噂が独り歩きして、戦女神《ヴァルキュリア》の呪いとして語り継がれていたのだろう。

「そんなことがあったのか」

スチュワートはラベンダーを摘む手を止めて、抱えているラベンダーの束を見下ろした。

百五十年前のその事件から、この地に住む人々は戦女神《ヴァルキュリア》を恐れるようになった。それゆえ、戦女神《ヴァルキュリア》の呪いから身を守ってくれる新しい神として、グランダシル神を受け入れたのだ。

だから、この地に住む人間は、グランダシル神に対して反発を抱いていないはず。フランシスが、グランダシル像を盗もうとして誤って破壊してしまったのではないかと推測するのはそのためだ。戦女神《ヴァルキュリア》の呪いから我が身を守ってくれるグランダシル神の像を破壊したがる人間はいないだろう、と。

「では、ララの言っていた騎士の話はどうだ」

「あれはもっと単純ですよ。戦時中にこの城に忍び込んだ敵兵が捕らえられて公開処刑されたことがあるんです。その際、騎士が敵兵の首を切り落とし、見せしめもかねて城の前でさらしたそうで、おそらくですけど、その話がもとになっているのではないかと思いますよ」

「なるほどな。昔の事件が戦女神《ヴァルキュリア》の伝承と一緒に語られることによって真実から遠ざかっていったわけか」

「まあ、各地に残る伝説や伝承なんて、どれもこんなものでしょうけどね。いろんな話が混ざると、思わぬ方向に転ぶものですよ」

「では今回の件はどう見る？」

スチュワートに真顔で訊ねられて、フランシスは指先でこめかみを押さえた。

「まだなんとも。不可解すぎますからね」

走り去る騎士を見たというジュリエッタは、フランシスがエルシーの部屋にいることを知らず、彼の部屋に忍び込もうとしていたらしい。そこに殺意などはなく、単純にベッドにもぐりこんでさも既成事実があったかのようにふるまうつもりだったと言うからあきれるしかない。

ジュリエッタには部屋での謹慎を言い渡したが、ほかの妃にも危険を回避するため不用意に部屋を出るなと伝えてあるから、あまり意味をなさない罰かもしれなかった。

「しかし、騎士か……。そう言えば、兜を被っていたそうだな」

「ジュリエッタの証言を信じるならばそうですね。でも、騎士たちの誰も兜を盗まれたものはいませんでしたからね。暗がりで見間違えただけではありませんか？」

「そうかもしれないが……」

「どうかしたんですか？」

思案顔になったスチュワートに、フランシスが首を傾げる。

スチュワートはラベンダーを持っていない方の手を顎に当てて、視線を落とした。

「いや……、ふと城に飾っていた騎士の鎧のことを思い出しただけだ」

「ああ、あの」

フランシスは嫌な顔をした。子供のころのフランシスは、あの古びた鎧が本当に怖くて、見るたびに泣いてはスチュワートに揶揄《からか》われていたことを思い出したのだ。

「まだあったんですか、あれ」

「ああ、どこかに納めてあるはずだ。年に数回、使用人たちが磨いているのを見るからな。念のため確認させよう」

「今回の事件には関係ない気もしますけど、まあ、叔父上がそうしたいならどうぞ」

子供のころの嫌な思い出もあって、フランシスはあまり気乗りがしなかったが、スチュワートは何かが引っかかるのだろう。ならば叔父に任せておけばいい。

スチュワートと話している間に、フランシスの新しい部屋の準備が整ったようだ。騎士の一人が呼びに来たので、まだラベンダーを摘むと言っているスチュワートを置いてフランシスは城に戻った。

ベリンダの手掛かりもないところに加えて、フランシスの部屋には正体不明の侵入者。クラリアーナに毒を盛った犯人もわからない。

（重大な何かを見落としているような気がするんだが……、わからない。参ったな。よし、エルシーに会いに行こう）

もやもやしているときは、エルシーの顔を見るに限る。

昔と変わらない子供のような純真な顔を見ていると、心がすーっと落ち着くのだ。

フランシスは新しい部屋を確認し終えたらエルシーの部屋へ向かおうと決めて、急ぎ足で城へ戻った。

消えた兜

「ねえ、もうやめましょう」

蠟燭《ろうそく》のオレンジ色の炎が、二人の影を照らしていた。

狭い地下室には小さな祭壇。祭壇の奥には、剣と盾を構えた髪の長い女性——戦女神《ヴァルキュリア》の像がある。

祭壇の上に食料と水の入った籠を置き、彼女は泣きそうな顔で彼の手を取った。

「もういいでしょう？　もう、おばさまはいないのだから。あなたは確かにおばさまの子だけど、半分はおじさまの——この国の貴族の血を引いているのよ。だから……」

「ダメだよ」

彼は彼女の言葉を途中で遮って、彼女の手をそっと引きはがす。

彼女の頭を撫でて、淋しそうな顔で、ポツンと言った。

「だって俺の耳にはもう、母上の声がすっかり絡みついていて、どうあっても取ることができないんだからね。俺が生まれた理由は——母上が俺を生んだ理由は、たった一つ。それだけのためなんだから、だから俺は、自分を生んでくれた母上の願いを叶《かな》えなくてはいけないいんだ。それ以外のために、俺は存在することはできないし、存在することも許されない」

「そんなことないわ！　だってわたくしは――」

「ダメだよ」

彼はもう一度繰り返して、彼女の唇を指先でそっと押さえた。

「だから君ももう、馬鹿なことはやめるんだ。何をしても俺は止まらないし、止まることも許されない。……君はこれ以上罪を犯さず、どうか、ほかの優しい男と幸せになって」

彼女は目を大きく見開いて、はらはらと泣き出したが、彼は昔のように彼女を抱き寄せて優しく慰めてはくれなかった。

「食べ物をありがとう。でも、もうここに来てはいけないよ」

彼の指先が、唇から離れていく。

帰るようにと、すっと指示された細い階段を見て、彼女は両手で顔を覆った。

あの階段を上ったら最後、本当にもう二度と会えないような気がしたからだ。

「ねえ――。最後に一つだけ。もし俺が死んだら、父上にごめんなさいとだけ伝えてくれる？

……あの人は俺のことなんてどうとも思っていないだろうけど、迷惑をかけることだけは本当だから」

最後なんて言わないでと、声に出して言いたかったけれど、どんなに縋ったところで、彼は立ち止まってはくれないのだろう。

ぽん、と背中を押された彼女は、何度も彼を振り返りながら、震える足でゆっくりと階段を上った。

もう彼と生きては会えないかもしれないと、絶望しながら。

◆

用事がなければ部屋の外へ出てはならないというフランシスの命令は一日で解けた。

部屋にずっと閉じ込めておくのは可哀そうだと判断したのか、それぞれの部屋に割り振られた護衛の騎士を伴ってであれば、城の中と庭までなら出ることが許可されたのだ。

しかしフランシスから城内に不審人物が出たと知らされていたこともあり、積極的に部屋の外へ出ようとする妃候補は多くなかった。

「騎士の兜をかぶった不審者なんて、恐ろしいですわね」

イレイズが少しばかり疲れたような顔で言った。

エルシーはクラリアーナに誘われて、部屋に閉じ込められて監視がつけられているイレイズの様子を見にやってきたのだ。

イレイズの部屋の前にはコンラッドがいたが、エルシーとクラリアーナならばいいだろうと部屋に入れてくれた。クラリアーナに秘密を握られているコンラッドが、にこりとすごみのある笑みを浮かべたクラリアーナに逆らえなかった可能性も多大にあるが、彼がクラリアーナとエルシーを信用してくれているのも確かなようで、ララの時のように部屋の中へ入ってこようとはしなかった。

クラリアーナ情報では、コンラッドは暇さえあれば監視と称してイレイズの部屋の前にいるらしい。恋人のことがよほど心配なのだろう。

クラリアーナ曰く、フランシスは色恋沙汰にとても鈍感なのだそうで、コンラッドとイレイズの関係はこれっぽっちも疑っていないのだそうだ。もっとも、気が付いたところで彼はどうもしないだろうとも言っていたが。

コンラッドが頻繁に姿を見せるからか、多少の憔悴は見られるものの思っていたよりイレイズは元気そうだった。

閉じ込められていることもあり外の事情に疎いので、イレイズのためにクラリアーナがここ数日で起こった出来事をかいつまんで説明する。そして、彼女は頰に手を当てて、ほうっと憂いを帯びた息を吐き出した。

「ここだけの話ですけど、その兜は、昔この城に飾られていたものらしいですわよ」

「え、そうなんですか？」

エルシーが目を丸くすると、クラリアーナは悪戯《いたずら》っ子のように笑った。

「ええ。スチュワート様から聞き出しましたの。昔、城に飾られていた騎士の鎧が倉庫に納められていたのですって。使用人に確認させると、騎士の鎧はありましたが、兜だけがなくなっていたそうですのよ」

「昔の鎧なんて、錆びているのではございませんか？」

イレイズが当然の疑問を口にした。

「こまめに使用人が磨いていたそうで、今でもピカピカなのだそうですわ」

「もし不審者がその兜を使ったとして、どうして倉庫に兜があると知っていたんでしょうか？」

「それなのよね。スチュワート様も不思議に思われて、念のため使用人たちの部屋を確認させたようなのですけれど、倉庫に鎧があることを知っていた使用人たちの部屋には兜なんてなかったそうですのよ」

他にも、使われていない客室など、調べられるところはすべて調べたそうなのだが、それらしいものはどこにもなかったという。

「倉庫には鍵がかかっていなかったんでしょうか？」

「南京錠《なんきんじょう》をかけていたようですけどね、使用人が確認しに行くと、鍵が壊されていたそうですわ」

倉庫は城の地下にあって、使用人たちも訪れてもせいぜい月に一度くらいの、滅多に人が行かない場所だったという。だから気が付かなかったようだ。

ちなみに、さすがに今回のことで危機感を抱いたスチュワートは、城の警備を見直すことにしたそうだ。

「スチュワート様は自分がお強いからか脇が甘いところがあって、ご自身の周りは必要最低限の警備ですませたりするんですよねえ」

「え、スチュワート様ってお強いんですか？」

ラベンダーを大切そうに抱える、温厚でどちらかと言えば細身のスチュワートを思い浮かべてエルシーは目を丸くした。失礼だが、まったく強そうには見えない。

「ええ。たぶん、この城にいる誰よりも強いのではないかしら？　先王陛下の時代に、不定期に開催されていた剣術大会で優勝されたこともございますし」

クラリアーナはまるで自分のことのように自慢げに言った。

「ええ!?」

ここにいる誰よりも強いということは、現役の騎士団長よりも強いということだ。エルシーは驚いたが、それはイレイズもで、控えめな声で「コンラッド様よりですか？」と確認を入れた。

「ええ。最近、剣を握っている姿をお見かけしませんから、あくまで当時のお話ですけど、剣術大会で当時の第一騎士団の団長をあっさり負かしてしまったそうですの」

複数ある騎士団の中で、騎士団総長も兼任する第一騎士団の団長が一番強い。それを負かしたとなると、なるほど、クラリアーナが「一番強い」と言ったのも頷ける。

人は見かけによらないものだ。いや、コンラッド騎士団長も、外見だけで言うならば貴公子然としていて、とても騎士団長を務めるほど強そうには見えない。

この国では騎士は貴族の血筋からしかなれないと聞くけれど、実力がなければなれるものではないそうなので、やはり強いのは間違いないのだろうけど。

自分が強いと、どうにも他人に守られるということに無頓着になる。スチュワートが護衛騎士をつけずにふらふらと一人で歩き回るのはそのためらしい。普通は、庭先であっても王族には護衛がつくものだ。

今回の件で少しは反省なさってくだされればよろしいのですけど、と言ってクラリアーナは締めくくった。


小一時間ほどイレイズと話をして部屋を出たあと、エルシーは庭に下りることにした。

クラリアーナも日差しを浴びたいというので一緒に庭に向かって、真っ青な空を見上げて大きく息を吸い込む。

エルシーとクラリアーナにつけられている騎士はそれぞれ、二人の邪魔にならないように少し離れてついて来ていた。一昨日はエルシーの部屋にはクライド副団長がつけられたが、フランシスの部屋の一件があって、彼はフランシスの護衛に戻っている。といっても、フランシスは相変わらず夜になるとこっそりエルシーの部屋にやってくるので、その際は一緒にくっついてきて、部屋の前で待機しているようだった。

（なんで毎晩部屋に来るのかしらね？）

フランシスが当然のようにエルシーの隣で眠るから、ベッドの上のクッションの間仕切りはそのままにしてある。

最初は驚いたダーナとドロレスも、フランシスが来ることにすっかり慣れたようだった。ただ毎朝不思議そうに、二人そろって「本当に添い寝しかなさらないのね」と首を傾げているのが、エルシーにはよくわからない。

（添い寝とも違うと思うんだけど。ただベッドを共有しているだけよ）

エルシーは寝つきがいい方なので、意識して起きていようとしない限り、だいたい毎晩同じ時間帯に眠くなる。

だから、一緒にベッドに横になって、ぽつりぽつりと話はするけれど、いつの間にか意識が落ちていて、気がついたら朝になっているのだ。

エルシーは早起きなので、起きたときにはフランシスはまだ夢の中だ。ダーナやドロレスが部屋にやってくるころに目を覚ましては、朝が弱いのかしばらくぼーっとして、自分の部屋に帰っていくのだ。

情報に敏《さと》いクラリアーナはすでにそのことを知っていて、にまにましながら何があったのかを訊ねてきたけれど、ただ同じベッドで眠って朝になったら帰っていくと言えば、あきれたようにため息をついた。

その際に「王族ってお膳立てしてやらないとダメなのかしら？」とぶつぶつ言っていたけれど、やっぱりこれもエルシーにはよくわからなかったので気に留めないでおくことにした。

クラリアーナと散歩しながら、何気なくエルシーは礼拝堂の方へ視線を向ける。まだ立ち入り禁止だから中には入れないが、見ているだけでも気分が落ち着くのだ。

「本当に礼拝堂がお好きなのねえ」

クラリアーナはエルシーがセアラ・ケイフォードの身代わりと知る数少ない人物だ。エルシーが修道院で育ったことも、それゆえエルシーが礼拝堂を心のよりどころにしていることも知っている。

「グランダシル神の像が壊されたんですってね。セアラ様のことだから犯人捜しをすると言うのではないかとはらはらしていましたけれど」

「本当はしたかったんですけどね」

グランダシル神の像を壊すなんて罰当たりなことをした犯人を捕まえて反省させる気満々だったが、フランシスから礼拝堂に入ることも見張りをすることも禁止されてしまったのだ。

クラリアーナの一件や、ベリンダがいなくなった件など、続けて不審なことが起きたので仕方がないが、ちょっぴり不完全燃焼の気分であるのは否めない。

「あら？　あれはミレーユ様かしら」

クラリアーナが礼拝堂から少し離れたところに立っているオレンジ色の髪の小柄な令嬢を見つけて言った。

ミレーユは思いつめたような表情で、食い入るように礼拝堂を見つめていた。

「本当ですね！　ミレーユ様も礼拝堂でお祈りしたかったのかしら？　――おはようございます、ミレーユ様！」

「あ、ちょっと……！」

背後でクラリアーナが慌てた声を出したが、エルシーは構わずミレーユに駆け寄った。

ミレーユが弾かれたように振り返り、目を見開く。

「……あら、セアラ様。おはようございます」

その声はガラスの破片のように尖っていたが、ミレーユはいつもツンツンしているのでエルシーは気に留めなかった。確かこういうのをツンデレというのだ。デレが何かは知らないが。

「お祈りですか？　残念なことに中に入ったらダメって言われているんですが、外からでもきっとグランダシル様にお声は届きますよ！　一緒にお祈りしましょ。ベリンダ様のこと、心配ですものね」

「は？　あ、ああ……そうね。ええ……」

ミレーユは虚を衝《つ》かれたように目を丸く見開き、ぎこちなく頷く。

エルシーは礼拝堂の前で手を組みながら続けた。

「ミレーユ様とベリンダ様は仲良しなんですよね。ベリンダ様、早く見つかるといいんですけど……」

「まさか、あなたまでベリンダが犯人だと思っているの？」

ミレーユが、茶色い瞳に警戒するような色を浮かべる。

エルシーはきょとんとした。

「え？　どうしてですか？　ベリンダ様、攫われちゃったんだから被害者じゃないですか。あ、あの晩餐の時のことを言ってます？」

ベリンダが姿を消したとわかった直後の晩餐で、数人の妃候補がベリンダがクラリアーナを害した犯人ではないのかと騒いでいたのをエルシーは思い出した。あのときのミレーユの剣幕はすさまじいものがあった。

「ミレーユ様はベリンダ様が大好きなんですよね！　でも、わたくしはベリンダ様が犯人だなんて思っていないですよ？」

「だ、大好きって……」

ミレーユを安心させるために言ったのに、何故かミレーユは狼狽《うろた》えたように視線を彷徨わせる。

「あなた、急に何を言うの？」

「え？　だってこの前すごく怒っていたから。大好きだからですよね？　そうでなければ、あんなに怒らないと思うんですけど……」

「べ、ベリンダは大切な従姉妹、それだけよ！」

「だから、大好き――」

「もうそのくらいになさったら？」

苦笑交じりの声が聞こえてきたので振り返れば、クラリアーナがゆっくりとこちらに歩いてくるところだった。

ミレーユがさっと表情を険しくして、くるりと踵を返す。

「わたくしは、もうお祈りを済ませたから結構よ」

ミレーユは硬い声で言うと、逃げるように速足で去っていった。

(まあ、もうお祈りが終わっていたのね。早とちりだったわ。次こそはご一緒できるかしら？)

お祈り仲間を見つけたと上機嫌のエルシーに、クラリアーナが頬に手を当ててため息をついた。

「セアラ様、あなた、あの方に嫌われているのを忘れたの？」

「え？　わたくし、嫌われていたんですか？　知らなかったです」

「知りませんでしたの？　あれだけ失礼なことを言われて、嫌われていないと思えることがす

ごいわね……」

「失礼なこと？　そんなこと言われましたっけ？」

「覚えていないの!?」

クラリアーナは唖然として、額を押さえて空を仰いだ。

「もう、これだからセアラ様は危なっかしくて仕方がないのですわ。……まあ、セアラ様のおかげで、ちょっと興味深い反応が見られたから、今日のところはよしとしましょう」

「興味深い反応？」

ミレーユがお祈りをしていたことだろうか。あれは興味深いのではなく素敵なことだと思うけれど、まあいい。

「そんなことより、セアラ様。メイドのエマは、ララと同郷なのでしたよね？」

「はい、そう聞きましたけど……」

マリニーからエマが戦女神《ヴァルキュリア》の呪いを恐れて怯えていると聞いたので、クラリアーナにもそのことは伝えてあった。ララもエマも早く解放してあげたかったから、クラリアーナの口添えでなんとかならないかと思ったのだ。

これぱかりはクラリアーナの力をもってしても無理だそうで、やはり真犯人を捕まえるしかないという結論に至ったのだが、もしかしたらララとエマを解放する名案を思いついたのだろうか？

エルシーは期待を込めてクラリアーナを見つめたが、彼女は険しい顔になって、突然エルシーの手を引っ張った。

「フランシス様のもとへ参りましょう。……少し気になることができました」

いつもの明るい声ではなく強張った声で言って、クラリアーナはエルシーの手を引いて歩き出した。


「エマが鎧のことを知っているかどうか調べろ、だと？」

クラリアーナとともにフランシスの部屋へ向かうと、そこにはスチュワートとコンラッドとクライドの姿もあった。

部屋に突撃したクラリアーナは、さも当然のような顔でソファに腰を下ろした。エルシーも隣に座れと言われたので、内心で「いいのかなぁ」と思いつつも腰を下ろす。

フランシスが諦めた顔で、メイドを呼びつけて人数分の茶を用意するように命じた。

フランシスとスチュワートが対面のソファに腰を下ろし、クライドが自然な動作で扉の前へ移動する。他人に聞かせるべき話でないと判断したのか、この部屋に人が近づかないように聞き耳を立てておくようだ。

コンラッドがフランシスとスチュワートの背後に立った。

「エマは拘束されていて、四六時中見張りをつけている。部屋から抜け出して兜を盗むことも、それを被って俺の部屋に侵入することも不可能だぞ。第一ジュリエッタの証言では、男の平均的な身長か、少し低い程度だったとのことだ。エマでは身長が低すぎる」

「そうではありませんわ」

クラリアーナはティーカップに角砂糖を一つ落として、かき混ぜながら言った。蜂蜜も一緒に出されていたが、毒を盛られたばかりだからか、嫌そうな顔で遠ざける。

エルシーもなんとなく蜂蜜を避けて、ティーカップに砂糖と少量のミルクを落とした。

「これはわたくしの勘ですけど」

「勘!?」

「まあ、勘を侮ってはいけませんわよ。わたくしはこの勘を使って王宮の妃候補たちの情報収集をしているのですから。ちなみに勘が外れたことは今のところございませんわ」

「……お前は超能力者か」

はー、とフランシスが嘆息して額を押さえるとクラリアーナはころころと笑った。

「女ならば誰しも持っている勘ですわ」

（え？　そうなの!?）

少なくともエルシーはこれまで、そのような百発百中の「勘」が働いたことはない。勘が働いても、それが正しかったためしは思い出す限りほとんどなかった。

（わたくしも女のはずなんだけど、何故かしら……）

エルシーが複雑な気分でいると、フランシスがちらりとこちらを見て「お前はそのままでい」と言った。どういう意味だろう。素敵な技能は身につけたいと思うのに。

「俺は単純なお前がいいから、変にクラリアーナに感化されるな」

これは褒められているのだろうか、それともけなされているのだろうか。

エルシーがますます複雑な気分になると、フランシスの背後でコンラッドが微苦笑を浮かべた。スチュワートもあきれ顔で「そういう言い方はどうかと思うぞ」とフランシスをたしなめている。

クラリアーナはティーカップに口をつけて、気を取り直したように続けた。

「ともかく、エマが犯人だと言っているわけではありません。ただ、エマが鎧のことを知っていたのかどうか、そしてそれを他人に――例えば、拘束されるまで担当していた部屋のミレーユ様に話したりはしていないかどうか、確認を取っていただきたいんですのよ」

「ミレーユ・フォレスに？」

「そうです。部屋付きのメイドならば、他愛ない会話の一つでそのことを話したとしてもおかしくはないでしょう？　別に口止めされていたわけでもないでしょうし。現に、ララもセアラ様に戦女神《ヴァルキュリア》の言い伝えなどいろいろなことをお話ししていますもの。……わたくしの部屋のメイドは、なぜかわたくしを怖がってあまりおしゃべりをしてくださいませんけど」

「そんな派手な格好をしていれば当然だろう！」

今日も今日とて素晴らしい胸の谷間を披露しているクラリアーナに、フランシスが鋭くツッコミを入れたが、彼女はそれを華麗にスルーしてスチュワートに視線を向けた。

「もしエマがミレーユ様に世間話のついでに鎧のことや戦女神《ヴァルキュリア》の呪いのことなどを話していたのならば、いよいよわたくしの勘が当たるかもしれませんわ」

「フランシス、構わないだろうか？」

「まあ、メイドは叔父上が雇っているんですから、叔父上がいいのならば構いませんよ。クライド、調べてきてくれ」

「わかりました」

クライドが頷いて部屋を出て行く。

クライドが扉の前からいなくなったので、コンラッドが先ほどまでクライドがいた場所へ移動した。

クライドが戻ってくる間、クラリアーナは優雅に紅茶を飲んでお菓子を食べているが、もったいぶって何も言わないクラリアーナにフランシスは苛立っているようだった。

スチュワートはクラリアーナとフランシスを交互に見て、「困った子たちだね」と言わんばかりに苦笑している。

クラリアーナの話にはエルシーは必要なかった気がするのだが、どうしてここに連れてこられたのだろうかと、考えたところで答えの出ない疑問を考えていると、クライドが戻ってきた。

時間にして三十分ほどしかたっていないが、もうエマに確認が取れたのだろうか。

「鎧の話ですが、クラリアーナ様の言う通り、ミレーユ・フォレス伯爵令嬢にお話ししたそうですよ。ほかにも、ええっと、戦女神《ヴァルキュリア》の呪いとかも話したそうです。ミレーユ様が興味を持たれたので、いろいろ話したらしいですけど、話しすぎて何を話したかは覚えていないそうです。一応、話したかもしれない戦女神《ヴァルキュリア》の話を聞こうと思ったんですけど、俺が聞いても無意味な気がしたんで、それについてはあとからクラリアーナ様が直接ご確認ください」

「だ、そうだ、クラリアーナ。で、お前の勘とやらは？」

クラリアーナはそれには答えず、ティーカップを置いてにこりと微笑んだ。

「陛下の部屋に侵入したのは、おそらくベリンダ様だと思いますわ」

フランシスは瞠目《どうもく》して、それから首をひねった。

「はあ⁉」


「どういうことだ⁉　ジュリエッタが見たのは騎士の兜を被った男だぞ？」

「ベリンダ様は女性にしては身長がお高めですし、失礼ですけど、凹凸のない平坦《へいたん》な体つきをされていますから、男性に間違われてもおかしくありませんわ。……それにもう一つ、気になることがあるにはあるんですが、これはベリンダ様を捕まえて確かめてみればいいでしょうし」

最後はぼそりと小声でつけ加えて、クラリアーナがティーポットから紅茶のお代わりを注いだ。

(もう一つの気になることって何かしら?)

エルシーのティーカップにも紅茶を注いでくれたのでお礼を言いつつ、エルシーは意味深なクラリアーナの発言に首を傾げたが、フランシスはそちらよりもベリンダが犯人だという発言が気になったらしい。

「いや、だがな。ベリンダが犯人だという証拠がどこに――」

「証拠はあとで見つければいいんです。そう考えると、一番しっくりくるんですわ」

「勘か?」

「勘です」

勘だと言い切る割にはクラリアーナは自信満々だ。

フランシスは首を横に振った。

「ではベリンダはどこへ行ったんだ。まさか失踪したのは自作自演だというのか? 髪まで切り落として? 何のために」

「それはわかりませんわ。あくまでこれは勘ですもの。ベリンダ様が何を考えて行動したのかまでは、現段階では想像する材料もありません。ミレーユ様は何かご存じかもしれませんが、ここまで黙っていたことを考えて、彼女はベリンダ様に協力しているとみていいかもしれません。けど、問い詰めたところで教えてはくださらないでしょうし、下手につつけばこちらが勘づいていると気づかれるかもしれませんから、不用意に探りは入れない方がいいでしょうね」

「……違っていたらどうする」

「そうは言いますけど、騎士も使用人の誰もが犯人でない状況で、誰が陛下の部屋に侵入できたでしょうか？　外部の人間という線は低いと思いますわよ。城の外には、外部の人間が無断で侵入できないように見張りを置いていますし、仮に侵入できたとして、陛下がお泊まりになっている部屋を特定できた理由がわかりませんもの」

「それはまあ、確かに」

クラリアーナは勘と言ったが、彼女なりの理論に基づいて導き出した答えのようだった。

クラリアーナが言う通り、ベリンダは女性にしては身長が高かったし、スレンダーな体つきをしていたから、兜で顔を覆っていたら、暗がりではジュリエッタが先入観で男性だと判断しても仕方がなかったかもしれない。

しかし、フランシスの言う通り、もし仮に騎士の兜を被っていたのがベリンダだとして、どうしてフランシスの部屋に侵入したりしたのだろうか。

フランシスの部屋に押しかけてくる妃候補は大勢いたようだが、もしベリンダが彼女たちと同じようにただフランシスに近づきたいがためだったというのならば、わざわざ顔を隠す理由がどこにあったろう。

さらに言えば、彼女がフランシスの部屋の鍵を壊したならば、鍵を壊してまで侵入して何がしたかったのか。

フランシスに近づくためなら失踪する必要はないし、髪を切る必要はもっとない。

これだけわからないことずくめでベリンダを犯人としてしまうのは、証拠もないのに人を疑ってはいけないというカリスタの教えにも反することもあり、エルシーは決めつけたくはなかった。だが、クラリアーナはいつもこの勘に基づいて探って、だいたい正解を導き出しているというのだから、勘と侮るわけにもいかないようだ。

フランシスは腕を組んで唸《うな》った。

「まあ、何もわからない以上、ジュリエッタが見たのはベリンダだったと仮定して探るだけ探ってみるが……、確認するにしてもベリンダを探し出すことができなければどうしようもないだろう？」

「それについても、作戦がございますわ」

ふふふと笑うクラリアーナに、フランシスは嫌な顔をした。

クラリアーナはエルシーを見て、そして言った。

「ベリンダ様を探す必要はございません。あちらから来てもらえればそれでいいのですからね」

「まあ、それでは、フランシス様は二階の東の、スチュワート様のお隣の部屋を使われることになりましたの？」

晩餐の席で、フランシスの近くの席を勝ち取った妃候補の一人がころころと笑った。

ジュリエッタは三日間の謹慎の命令を受けていて、イレイズは依然として部屋に閉じ込められたままなので、晩餐の席に集まった妃候補は、エルシーを含めて九人だった。

先日派手にジュリエッタたち三人と喧嘩をしたミレーユは、フランシスから少しばかり離れた席に座って、静かにカモのローストを口に運んでいる。

エルシーはクラリアーナとともにフランシスとスチュワートから遠い席に座って、少し疲れたような顔のフランシスを眺めていた。

女性が苦手なフランシスは、妃候補たちの相手をすると疲れるそうだ。それでも無下に扱わないだけ、彼は優しいと思う。

「晩餐のあとでお伺いしてもよろしいでしょうか？」

「ぜひ、お部屋でお話ししたいですわ」

部屋を移ったといっても、だから何かが変わるわけではないのに、妃候補たちはこれ幸いとそれをきっかけにフランシスの部屋へ行く許可を得ようとしている。

フランシスは作り笑いのようにぎこちない笑みを浮かべて、首を横に振った。

「それならば今度にしてくれないか。ベリンダの件も、例の騎士の正体もわかっていないのだから、特に夜は不用意に出歩かないようにしてほしい。何かあってからでは遅いのだからな」

諭すようにフランシスが言えば、彼の近くの妃候補たちが「きゃあ」と黄色い声を上げた。

「陛下がわたくしの心配をしてくださるなんて……」と頬を押さえている。

(改めて思うけど、陛下って本当に人気ねえ)

整った顔立ちをしているし、緑色の瞳は少し神経質そうに細められるときもあるけれど、笑っているときはとても優しそうだ。国王陛下という尊い身分がなくとも、誰もが放っておかないだろう容姿をしている。

(でもどうして陛下は女性が苦手なのかしらね?)

過去に何かあったような口ぶりだったけれど、理由まではエルシーは教えられていなかった。言いたくないことのようだから聞き出すようなことはしないけれど、ちょっと気になる。

もしフランシスが過去に何かのトラウマを抱えているのならば、それを克服する手助けができないだろうかと思ってしまった。修道院には悩みを抱えて相談に来る人が多かったし、それをカリスタやシスターたちが聞き、彼らの心が軽くなるように優しく導いていたことを知っていたからだ。ここにはカリスタもシスターたちもいないから、僭越ながらエルシーにできることがあれば力になってあげたい。

しかし、こちらからそれを言うのは図々《ずうずう》しすぎるだろう。ならばフランシスから相談してくるのを待つしかないが、彼は悩みを打ち明けてくれるほどエルシーを信頼してくれているだろうか。

(陛下は優しいし、できることなら幸せになってもらいたいわ)

エルシーは身代わり。来月の里帰りの時には双子の妹セアラと入れ替わることになっている。だから、フランシスの悩みを聞くことができる機会は残りわずかしかない。

このまま何も聞かずに修道院に戻ったら、フランシスのことが心配で毎日彼のことを考えてしまうかもしれなかった。

「それから今日からの注意事項だが、夜には護衛の騎士を配備するが、毎日彼らに徹夜させるわけにもいかない。今夜からは、深夜十二時まで警備をつけるが、朝までは一時間ごとの見回り以外、部屋の前に警備の騎士を置かないこととするから、各自部屋にはきっちり施錠をして休み、朝まで決して部屋の外へは出ないように」

フランシスが少し大きめの声で、部屋の全員にいきわたるように注意した。

エルシーはちらりと隣のクラリアーナを見た。

ワインを飲んでいたクラリアーナはエルシーの視線に気が付いてにこりと笑う。そして、一瞬だけ唇に「しー」と言うように人差し指を立てた。フランシスが大声で言ったこの注意こそがクラリアーナの作戦だと知っているエルシーは、黙って頷く。

(それにしても……大胆な作戦よね?)

エルシーはフランシスの部屋でクラリアーナが語った作戦を思い出した。

――ベリンダ様を捜す必要はございません。あちらから来てもらえればそれでいいのですからね。

そう言ったクラリアーナは実に楽しそうだった。

――ベリンダ様の目的はわかりませんが、おそらく、彼女はまた陛下の部屋に来るはずです。今のところ、陛下の部屋に侵入し、留守だったためにすごすご引き下がっただけですからね。ここまで大掛かりなことをしたのですから、それなりの目的があるのは間違いありません。

――それには同意するが、ベリンダから来させると言っても、そうそううまくいくのか？

――これはわたくしの勘ですが、ベリンダ様には協力者がいるはずです。一人で身を隠し続けるのは困難ですもの。ですから、その協力者を使って、ベリンダ様をおびき寄せるのですわ。

――つまり？

――まず、陛下は、新しい部屋の場所と、今夜城内の警備が手薄になることを晩餐の席で周知してくださいませ。わたくしの勘では、ベリンダ様の協力者は妃候補の中、もしくは彼女たちの侍女の中にいるはずです。晩餐の席で周知いただければ、その者はきっとベリンダ様に伝えるはず。警備が手薄な夜という絶好の機会をみすみす逃すとは思えません。

なるほど、とフランシスが頷いた。

――つまり、俺の部屋に侵入してきたところを捕まえろ、と。

——ええ。

クラリアーナが首肯すると、それまで黙って話を聞いていたスチュワートが難しい顔で口を挟んできた。

——しかし、そんなことをしてもしフランシスに何かあったらどうする。

フランシスは国王だ。自らおとりになるようなことはするべきではないと諌めるスチュワートに、クラリアーナは艶然と微笑んだ。

——大丈夫ですわ。それについても、策がありますから。

ふふふ、と楽しそうな笑いを浮かべたクラリアーナを思い出して、エルシーはこっそりため息をついた。

フランシスとしてもこの件を長引かせたくないようで、結果的にクラリアーナの作戦は採用されたけれど、本当に大丈夫だろうか。

食後のデザートが運ばれてきて、エルシーはヨーグルトムースのガラス容器に視線を落とす。

ベリーソースがかかっているヨーグルトムースはとても美味しそうだが、今夜のことが心配だからか、あまり味がわからない。それでも残すわけにはいかないから口に運んでいると、離れたところに座っているフランシスと視線が絡んだ。

ふっと優しそうに微笑んだフランシスが、心配するなと言っているように見えた。

「巻き込んですまないな、エルシー」

夜になって、フランシスはエルシーの部屋にやってきた。

巻き込んだと彼は言うが、巻き込まれたというほどエルシーはこの作戦で役には立っていない。

スチュワートの言う通り、国王であるフランシスをおとりに使うわけにはいかないから、フランシスは今夜、エルシーの部屋で休むことになっている。

と言っても、ここのところ当たり前のようにフランシスは夜にはエルシーの部屋にやってきていたから、エルシーにとってはいつも通りだ。

フランシスの部屋には、忍び込んできたベリンダを捕まえるため、フランシスに扮《ふん》したコンラッドがいることになっている。クライドもフランシスの部屋に身を潜めて待機しているはずだ。それに対してベリンダは女性。だから心配するほど危険はないはずだとわかっているのだが、どうしても不安が拭えない。

ダーナとドロレスには事情を伏せているけれど、フランシスが最近夜になると部屋に訪ねてきていたから彼女たちはすっかり慣れっこで、気を利かせているのか、早々に続き部屋に引っ込んだ。

いつも通りベッドをクッションで区切ると、エルシーはソファでハーブティーを飲んでいたフランシスを振り返った。

「どうしますか？　起きていますか？」

「いや、明かりがついていたら警戒されるだろう。俺たちも休もう」

フランシスはそう言って、ハーブティーを飲み干すと立ち上がった。

当たり前のようにエルシーの隣にもぐりこみ、腕を伸ばしてベッドサイドの灯りを落とす。

「おやすみ、エルシー」

「おやすみなさい、陛下」

フランシスに挨拶をしてエルシーは瞼《まぶた》を閉じたけれど、緊張からか、不安からか、全然眠れそうになかった。

（クラリアーナ様は、陛下の部屋に侵入したのはベリンダ様だって言っていたけど、でも、やっぱりわからないことだらけだわ）

フランシスの部屋にベリンダが侵入したのが本当だったとして、どうして彼女は失踪したように見せかける必要があったのだろうか。

ほかの妃候補たちのように、フランシスの気を引きたいためにした行動ならば、失踪したように見せかける必要はどこにもなかったのである。

そこまで考えて、エルシーの心がざわりと波打った。

つまり、ベリンダには、失踪したように見せかけないといけないなんらかの理由があったということだ。

（どうしてかしら、なんだか嫌な予感がするわ）

クラリアーナのように、エルシーは勘が冴《さ》えている方ではない。だからエルシーの勘なんてなんの役にも立たないだろうが、なんだかもやもやするのだ。

エルシーはごろんと寝返りを打って、フランシスの方を向いた。

クッションの区切りの隙間からフランシスの顔を窺えば、彼は仰向《あおむ》けで両目を閉じている。

もう寝てしまったのだろうか。

（陛下はここにいるから……たとえベリンダ様が陛下の部屋に押しかけても、危険はないはずだけど……）

不安に駆られたエルシーは、そーっとベッドを抜け出した。

カーテンの隙間から漏れ入る月明かりを頼りに部屋の中を歩いて行くと、暖炉のそばに立てかけられている火かき棒を持って戻ってくる。

火かき棒をベッドの縁に立てかけて、エルシーは再びベッドにもぐりこんだ。

（これで、もし何かあっても大丈夫ね）

エルシーは満足して、今度こそ目を閉じると、幸せな眠りについたのだった。

その物音に気が付いたのは、偶然だったと思う。

眠りについたはいいが、やはり不安で、エルシーは浅い眠りと覚醒を繰り返していた。

そんな数度目の覚醒ののち、再び眠りにつこうとしていたエルシーの耳に、扉の蝶番《ちょうつがい》が軋《きし》むような微《かす》かな音が聞こえてきたのだ。

おかしい、とエルシーは瞬時に考えた。

ここにフランシスがいる以上、ダーナやドロレスが夜中に様子を見に来ることはないだろう。今夜は護衛騎士を配さないとフランシスが決めたから、護衛騎士でもないはずだ。

メイドが夜中に来るはずはないし、そのほかの使用人についてもまた然《しか》り。

ならば、いったい誰が扉を開けたのか――

エルシーは緊張で口の中がからからになるのを感じながら、寝たふりをしつつ聞き耳を立てた。

蝶番の軋みよりも小さな音を立てて扉が閉まる。部屋には分厚い絨毯が敷かれているから、足音はあまり聞こえないが、一度だけガチャンと鈍い金属音のような音がした。

エルシーは寝返りを打つふりをして、ベッドに立てかけてある火かき棒を握りしめ、そっとベッドの上に上げると、シーツの間に隠す。

ベッドには薄い天蓋がかけられているから、エルシーが何をしているのかまではわからないはずだ。

シーツの下で火かき棒を握りしめて、エルシーは大きく息を吸い込んだ。

ジュリエッタ・ロマニエはフランシスの部屋の前で騎士の兜を被った不審者を見たと言った。

先ほど聞こえた妙な金属音は、騎士の兜の音かもしれない。

（でもどうしてこの部屋に……？）

クラリアーナは、騎士の兜を被ってフランシスの部屋に侵入したのはベリンダだろうと推測した。そしてベリンダをおびき寄せて捕らえるために、フランシスの部屋には彼の代わりにコンラッドがいる。

昨日までならいざ知らず、今夜はフランシスは自分の部屋で休むと、晩餐の時に匂わせた。だというのに、どうしてここに来たのだろうか。

いくら考えてもわからず、エルシーはぎゅうっと火かき棒を握りしめる。

考えてもわからないことをぐだぐだと悩むのはエルシーの性分ではない。エルシーは自分の頭の出来がそれほど良くないとわかっているので、考えても無駄なことを知っている。

（とにかく、ベリンダ様の目的がわからない以上、捕まえなきゃ）

女性相手に火かき棒を振りかざして襲いかかるのは抵抗があるが、脅すことができさえすればいいのだ。ベリンダだって殴られたくないはずだからおとなしくなるはずである。

フランシスは眠っている。規則正しい寝息が聞こえていて、起きる気配はない。

（この部屋で陛下を守れるのはわたくしだけだわ）

大声を上げるという手もあるけれど、そうすれば大勢の人が押しかけてくるだろう。妃候補たちも起きてくる。フランシスは当然のようにエルシーの隣で眠っているが、この状況をほかの人に見られるのはまずいと、さすがのエルシーもわかっていた。

フランシスが女性の部屋で休むことがわかれば、今でさえ遠慮なく押しかけていく妃候補たちが、輪をかけて過激になるだろう。そんなことになればフランシスが可哀そうだ。

(大丈夫よ。相手は女性。それもお貴族様だもの。絶対わたくしのほうが強いわ)

何せ、鶏泥棒を竹ぼうきで殴って捕まえたこともあるのだ。修道院の子供たちが悪戯をしたときに追い掛け回す脚力も、体力にも自信がある。

貴族女性たちは蝶《ちょう》よ花よと育てられたお姫様たちだから、殴ると言えば怖がって抵抗しないはずだ。——うん、いける。

エルシーはぐっと火かき棒を握る手に力を込めて、ベッドから飛び起きた。

天蓋を跳ねのけて外に出て、火かき棒を構える。

「誰ですか!?」

ベリンダであろうというのは推測で、確信は持てないから誰何《すいか》すれば、ベッドのすぐ近くまで来ていた不審者がぎくりと足を止めた。

騎士の兜を被っている。カーテンの隙間からこぼれる月明かりでは色まではっきりしないが、服はシンプルなシャツとトラウザーズだ。

エルシーは一瞬、ドレス姿でなかったことに驚いたけれど、ジュリエッタが「騎士」と明言したくらいだ、あの時もトラウザーズをはいていたのかもしれない。

(身長はベリンダ様と同じくらい。やっぱりベリンダ様なのかしら？　でもベリンダ様だったら、火かき棒を向けた時点で悲鳴を上げないのはおかしい気がするわ)

火かき棒の先端を不審者に向けて、エルシーはぐっと眉を寄せた。お姫様のような貴族女性ならば、この時点で怖がってもおかしくないはずなのに、目の前の不審者は歩みこそ止めたものの、平然としているように見える。

一メートルほどの距離を空けて不審者と対峙《たいじ》すること十数秒。不審者が小さく息をついて、兜のベンテールを押し上げた。

覆われていた顔があらわになって、エルシーはハッと息を呑む。

ベリンダだった。けれど、何かが違う。雰囲気と言えばいいのだろうか。ベリンダは湖底のように静かな表情をした女性だったはずなのに、目の前にいる彼女はなんというか――まるで男性のように雄々しい感じがした。顔立ちは同じなのに、醸し出す雰囲気がまるで違う。

ベリンダは腰の革ベルトに触れて、そこから一本の短剣を抜き取った。

飾り気のない鞘《さや》を抜き、絨毯の上に放り投げて、短剣の切っ先をエルシーに向ける。

エルシーは目を見開いて、両手で火かき棒を握りしめたまま、思わず一歩後ろに引いた。まさか武器を持っているなんて、思ってもみなかったからだ。

「君を傷つけたくない。できれば下がっていてほしい」

「…………え？」

ベリンダの声だった。けれどもエルシーが記憶している彼女とは口調がまるで違って、エルシーは戸惑った。

そのわずかな隙を見逃さず、ベリンダが距離を詰めてくる。

「っ！　来ないでっ！」

月明かりに鈍く光る短剣に恐怖したエルシーは、咄嗟《とっさ》に火かき棒を振りかざした。

ガキッと、エルシーが振り下ろした火かき棒をベリンダが短剣で受け止める。

エルシーは青くなった。

（ベリンダ様はお姫様でしょう!?）

どうしてこんなに俊敏な動きができるのか。

片や火かき棒、片や短剣。――これはだいぶエルシーの方が分が悪い。

エルシーは逃げるように後ずさりし、背中が壁に当たってハッとした。

まずい。絶体絶命と言うやつだ。貴族女性相手ならエルシーの方が断然強いと思ったのに、これは想定外すぎる。

「ベリンダ様、どうしてこんなことをするんですか!?」

ベリンダは切っ先をエルシーの方に向けたまま薄く笑う。

「これが母の――我が国の悲願だからだよ」

(我が国？)

なんのことかさっぱりわからない。

ここで大声を上げたとして、誰かが駆けつけてくるより、ベリンダの切っ先がエルシーに届く方が早いだろう。

隣の部屋にいるダーナやドロレスならばすぐに来てくれるかもしれないけれど、侍女である彼女たちは貴族女性。エルシーよりも弱いのだ。下手に呼びつければ危険な目に遭わせてしまうかもしれない。

せめてフランシスを起こせれば二対一でこちらが有利になるのに――

エルシーはちらりとベッドに視線を向けた。天蓋がかかっていてはっきりとは見えないが、フランシスはまだ眠っているようだ。物音がしない。

こうなれば、できるだけ話を長引かせて、フランシスが起きるのを待つしかない。

「我が国の悲願って、どういうことですか？」

王族でないベリンダが、このシャルダン国を「我が国」と呼ぶのには違和感があった。我が国という響きには、何か違う意味が込められている気がする。

ベリンダはふっと薄く笑った。

「君に詳しく説明するつもりはないよ。こんなことをしたんだ、どの道、俺は処刑されるだろう。だがその前に、悲願は果たさせてもらう」

（俺？）

ベリンダが使った一人称にエルシーが驚く暇もなかった。

俊敏な動きでベリンダがベッドの天蓋を短剣で引き裂き、ベッドの上に飛び乗った。

「ダメッ!!」

ベリンダが短剣を振りかざしたのが見えて、エルシーが悲鳴を上げて駆け寄ろうとするも、無情にもエルシーがベッドにたどり着く前に短剣が振り下ろされてしまう。

ボスッと、空気が抜けるような音がした。

「え？」

「そこまでだ」

エルシーが目を丸くしたのと、短剣を枕で受け止めたフランシスが、抜き身の剣の切っ先をベリンダに突きつけるのはほぼ同時。

エルシーは火かき棒を持ったまま、へなへなとその場に崩れ落ちた。

フランシスの過去

フランシスがベリンダを捕らえたのち、エルシーは彼に頼まれて、フランシスの部屋にいるコンラッドとクライドを呼びに行った。

ランプを片手に暗い階段を下り、二階のフランシスの部屋にたどり着くと、何やらその部屋の前が物々しい雰囲気で、エルシーは首を傾げる。

扉のそばにクライドの姿を見つけたので駆け寄れば、彼は目を丸くした。

「お妃様、どうされたんですか？　まさか陛下と喧嘩でも？」

クライドはエルシーの部屋にフランシスがいることを知っている。おどけたような口調で訊ねてきたが、その顔が少々強張っていて、エルシーはますます訝しくなった。

フランシスの部屋で何かあったのは間違いなさそうだ。けれど、ベリンダはエルシーの部屋に来た。

手短にベリンダが部屋に来てフランシスが取り押さえたことをクライドに伝えると、彼は難しい顔をして押し黙った。それからエルシーにここで待っていてほしいと言って部屋の中に入ると、コンラッドを連れて戻ってくる。

「陛下がベリンダ・サマーニ侯爵令嬢を取り押さえたのですか？」

「はい。陛下にお二人を呼んでくるように頼まれたのですけど……何かあったんですか？」

部屋の中にはほかの騎士の姿もあった。もともとフランシスの部屋にはコンラッドとクライドの二人しかいない予定だったから、これは明らかにおかしい。

コンラッドは肩をすくめた。

「陛下にご報告を終えたあとで、許可が出ればお話しいたします。それよりも、急ぎましょう。陛下に何かあっては大変です」

ここに来る前に、フランシスはベリンダの手から短剣を取り上げて、腕を後ろ手にして押さえつけていたけれど、彼女の俊敏性を考えれば悠長にはしていられない。エルシーは頷いて、コンラッドとクライドのあとを速足で追いかける。

部屋に戻ると、ベリンダに引き裂かれた天蓋の残骸で彼女の手を縛っていたフランシスが顔を上げた。

ベリンダの顔からは兜が取られており、短くてざんばらなカスタードクリーム色の髪が俯いた顔にかかっている。

その短くて無残な髪に驚いたエルシーだったが、これはフランシスが切り落としたわけではなさそうだった。部屋に髪が落ちていたというが、失踪した時点でこのように短くなっていたのだろうか。

俯いているベリンダの表情は驚くほど「無」で、まるで死刑を前にした囚人のように見えた。

コンラッドが大股でフランシスに近づいて、彼の手からベリンダを受け取る。クライドが縄でベリンダを縛り上げた。彼女が短剣でフランシスに襲いかかろうとしたことから、縛り上げられるのは当然の措置だとわかっているけれど、エルシーが対峙した時の彼女と比べてあまりにも悄然《しょうぜん》と小さくなっている気がして、少しいたたまれない。

「あ、あの……ベリンダ様……」

つい声をかけてしまうと、ベリンダがわずかに顔を上げた。

「……怖い思いをさせて、悪かった」

ベリンダは、うっすらと笑ってみせたが、それはまるで、自嘲しているような笑みだった。

(なんで、こんなこと……)

そんな顔で笑うのなら、はじめから無謀なことはしなければよかったのに。

彼女の言った「悲願」とはなんのことだったのか。

エルシーは訊ねたかったが、悠長におしゃべりする時間は与えてはもらえなかった。

「ベリンダ様——」

「お妃様、申し訳ありませんが……」

クライドが重ねようとしたエルシーの言葉を制止して、ベリンダを連れて部屋を出て行くと、フランシスがふうと息をついてベッドの縁に腰を下ろす。

フランシスがベリンダの短剣を受け止めるのに枕を使ったから、部屋の中に羽毛が散乱している。

切り刻まれた天蓋も無残で、まるでここだけ嵐が来たようだ。

「エ……セアラ、この部屋では眠れないだろう？　今から新しい部屋を用意させるわけにもいかないから、悪いんだが俺の部屋を使ってくれ。俺はこのあとコンラッドと話がある」

「そのことですが、陛下……」

コンラッドが言いにくそうに口を開きかけて、ちらりとエルシーを見た。これは席を外した方がいいのかなと部屋から出て行こうとすれば、「構わない」とフランシスに止められる。

「ここまで巻き込んでいるんだ。セアラに聞かれても問題ないだろう。それで、何かあったのか？」

「はい、それが……、陛下のお部屋に、侵入者がありまして」

「は？」

「え？」

フランシスとエルシーの目がそろって点になった。

(侵入者？　ベリンダ様はここに来たのに？)

この作戦はベリンダをおびき寄せるものだった。ベリンダがフランシスの部屋ではなくエルシーの部屋に来たのは大きな誤算だったけれど、無事に捕らえることもできて、まだ毒の謎などは残るものの、ひとまずのところは目的を果たしたはずだ。

「侵入者とは誰だ」

フランシスが怪訝そうに訊ねると、コンラッドは嘆息した。

「それが……ミレーユ・フォレス伯爵令嬢です。武術の心得もないか弱い方ですので、部屋に入ってきた時点で簡単に取り押さえることができたのですが、その……少々、不穏と言うか困ったものを所持しておりまして」

「困ったもの？」

「媚薬《びやく》です」

「はあ⁉」

「陛下の寝込みを襲うつもりだったようで」

「…………………」

フランシスはたっぷり沈黙した。

けれどもエルシーは「媚薬」がなんなのかがわからずに首をひねる。コンラッドは「襲う」という言葉を使ったのだから、何かの毒物だろうか。つまり、ベリンダのみならずミレーユまでフランシスの命を狙っていたのだろうか。

エルシーは青くなったが、フランシスは違う意味で青くなっていた。

「勘弁してくれ……」

両手で顔を覆って、ぐったりしてしまっている。

コンラッドは同情するような視線をフランシスに向けた。

「現在別室に閉じ込めており、夜が明けたら詳細を問いただす予定ではありますが、同席されますか」

「したくない……が、した方がよさそうだな」

「かしこまりました。陛下のお部屋は、念のため騎士たちに調べさせておりますが、ミレーユ・フォレスは侵入してすぐに捕らえられたので特に不審な点はないでしょうから、もうじきお使いいただけるようになると思います」

「わかった。……エルシー、まだ暗いからな、部屋まで送ろう」

フランシスは立ち上がると、エルシーに片手を差し出した。エスコートしてくれるらしい。

ベリンダやミレーユの目的など考えたところでエルシーにはわからないので、エルシーは素直に従うことにした。

「悪かったな、巻き込んで。怖かっただろう？」

廊下に出ると、フランシスがぽつりと言った。

怖かったのは確かだが、ベリンダがエルシーの部屋に来ることは想定外のことだった。フランシスに謝ってもらう問題ではない。

エルシーが首を横に振ると、フランシスは苦笑して、それからふと真顔になると、指先でエルシーの鼻をつまんだ。

「だが、今後は火かき棒で不審者に対峙するような危ない真似は絶対にしないように。わかったな？」

火かき棒をベリンダに突きつけたときはフランシスは眠っていたはずなのに、何故それを知っているのだろう。

エルシーはちょっぴり赤くなって、しかし同じようなことが起これば多分また何か武器を探して応戦するだろうなと思えば是とも否とも言えずに、視線を彷徨わせていると、フランシスが大げさなため息をついた。

「まったく……お前は少々勇ましすぎるぞ」

「えぇっと………ごめんなさい」

しかしエルシーはお姫様ではないからそれほどか弱くないのだけれど――と心の中で思ったものの、口に出せば絶対に怒られそうなので、ここは素直に謝っておくことにした。

◆

翌朝。

昨夜は疲れたからか、フランシスの部屋のベッドに横になった瞬間にぐっすりと眠りについたエルシーは、すっきりした気分で目を覚ました。

まだ不可解な点は残るものの、ベリンダが捕縛されたので、謎の騎士に悩まされることはもうないだろう。

ベッドの上に上体を起こして大きく伸びをすると、隣から「うーん」とくぐもった声が聞こえてくる。見ればフランシスが眠っていた。コンラッドと話があると言っていたが、そのあとで隣にもぐりこんだのだろう。よく眠っていたからか全然気が付かなかった。

エルシーは早起きなので、この時間にフランシスを起こすのは可哀そうだ。

そーっとベッドから下りると、夜着の上にガウンを羽織って、窓に近づき、カーテンに指一本分の隙間を空けて庭を眺める。朝靄の中に礼拝堂が見えた。

エルシーの部屋にはまだ騎士がいるだろうか。ダーナとドロレスが起きてきたら説明してくれるとコンラッドは言ったけれど、きっと驚かせることになるだろう。

（部屋に戻っておこうかしら？）

少なくとも、ほかの妃候補たちが起き出してくる時間までこの部屋にいるのは非常にまずいことだけはわかる。フランシスのためにも、エルシーはここにいない方がよさそうだ。

足音を立てないように気をつけながら部屋の扉まで歩いて行き、そーっと開くと、扉の外にはクライドの姿があった。エルシーに気づいて微笑む。

「お妃様、お早いですね。どうされました？」

クライドが小声で訊ねてきたので、自分の部屋に戻ると伝えると、彼は困った顔をした。

「今ここには俺しかいないんですよ。俺が動くと陛下の護衛がいなくなりますから、お部屋まで送って差し上げられないんで、もう少しお待ちいただけますか？」

「一人で大丈夫ですよ？」

「そういうわけには参りません。陛下に怒られますからね」

クライドが茶目っ気たっぷりに片目をつむる。

昨夜だって、エルシー一人でフランシスの部屋にいるコンラッドを呼びに行ったし、別に一人で出歩いたところで危険はないはずなのに、クライドはどうあっても譲りそうにない。ダーナとドロレスが起きたらこちらに来させることになっているからと言われたので、仕方なく、エルシーはクライドに言われた通り待つことにして、ソファに浅く腰掛けた。

しばらく待っていると、コンコンと控えめに扉が叩かれてクライドが顔を覗かせる。ダーナたちが迎えに来たようだ。フランシスはまだ眠っていたので、エルシーは声をかけずに、ダーナたちとともに三階の部屋に戻った。

部屋に入ると、散乱していた羽毛は綺麗に片づけられていた。破かれた天蓋は取り外されている。さすがに昨夜の今朝で新しい天蓋は用意できなかったようだが、引き裂かれた残骸がなくなったおかげで、昨日のことが嘘のように元通りだった。

部屋の前には騎士が立っていたが、室内にはもうおらず、エルシーが窓際に立って礼拝堂に向かって祈っていると、ドロレスがメイドのマリニーにお湯を頼んでハーブティーを入れてくれた。

ダーナもドロレスも騎士たちから昨夜のことについて聞かされているから、気づかわし気な視線を向けてくる。

「ご気分はいかがですか？」

「大丈夫よ」

ソファに座ってドロレスが入れてくれたハーブティーを飲みながら答えると、二人はエルシーの顔色を確かめていたのか、ホッとしたように息をついた。

「お怪我がなくてよかったですわ」

「ええ。騎士の方たちからお話を聞いた時は心臓が止まるかと思いましたもの」

ずいぶん心配をかけてしまったようだ。

「気分転換にお庭に行かれますか？」

エルシーが朝に庭を散歩するのは日課のようなものになっているので、エルシーはダーナの問いに頷いてハーブティーを飲み干した。

夜着のまま庭には下りられないので、ドロレスがエルシー作の動きやすいワンピースを出してきてくれる。

着替えてダーナとともに庭に下り、立ち入り禁止の立て札が立てられている礼拝堂の前で短く祈りを捧げた後、のんびりと庭を一周していると、「セアラ」と背後から声をかけられた。振り返ると、フランシスが足早にこちらへ向かってくるところだった。

ダーナが気を利かせて離れると、フランシスはエルシーの顔色を確かめて安堵《あんど》の息をつく。

「顔色はいいな」

「ぐっすり休めましたから」

「……お前は意外と図太いな」

フランシスが感心しているのかあきれているのかわからないため息をつく。

フランシスの言う通り、エルシーの心臓はそれほど繊細にできてはいないので、みんなが心配するほどの精神的ダメージはない。もちろん、不安や心配がないわけではないけれど、あとはフランシスたちがベリンダから事情を聞き出すしかないので、エルシーがいくら悩んだところでどうにかなる問題でもない。だから、ひとまずの危険が去って安心した方が大きかった。

「城内や庭なら好きに出歩いても構わないが、今日も城の外へは行かないようにしてくれ。それから、念のため一人では行動しないように。特にお前は、何をしでかすかわからないところがあるからな。火かき棒を構えて侵入者に向かおうとするのは、後にも先にもお前くらいだ」

そうでもないと思うが、言い返すと怒られそうなので反論はすまい。というか火かき棒の一件は早く忘れてくれないだろうか。高をくくって火かき棒でベリンダに対峙したはいいがちっとも役に立たなくて、それどころか追い詰められてしまったのだ。恥でしかない。

(……やっぱり竹ぼうきよね。火かき棒じゃリーチが足りないわ)

そんなことを考えていると、エルシーが反省していないことが伝わったのか、フランシスが半眼になった。

「お前、絶対にわかってないな?」

エルシーはハッと顔を上げて、愛想笑いで誤魔化したけれど、フランシスには通用しなかった。

「お転婆がすぎると、四六時中監視をつけるからな! わかったか!?」

監視は嫌だ。

エルシーが必死になってぶんぶんと首を縦に振ると、フランシスがぷっと吹き出し、エルシーの頭に手を置いた。

「いい子にしていたら、近いうちにご褒美をやるから、おとなしくしておくように」

子供扱いにはちょっぴり納得がいかなかったけれど、「ご褒美」の単語にエルシーの耳がピクリと動く。

何か美味しいものをくれるのだろうか。

エルシーは少しわくわくして、今度こそ素直にこくりと頷いた。

◆

ベリンダが捕らえられて二日後、エルシーは何故か湖の上にいた。

フランシスに、古城の近くにある湖でボート遊びに誘われたのだ。

(そういえば、陛下とボート遊びをしなくちゃいけないのをすっかり忘れていたわ)

フランシスは妃候補たちの中から一人をボート遊びに誘うらしいと聞いていたのだ。誘ってもらうとステータスらしいので、セアラのために誘ってもらえるように頑張ろうと思っていたのである。クラリアーナの一件や、グランダシル神の像が破壊された件などあって、すっかり頭から抜け落ちていたが、目的は達成できたのでよしとしよう。

(それにしても、褒美ってお菓子だと思ったのに、ボート遊びのことだったのね)

空からは燦々《さんさん》と日差しが照り付けているが、湖の上は時折風が吹いて涼しい。

(ボートってはじめて乗ったけど、意外と楽しいわね)

ボートは縦に長く、見た目にはとても不安定そうに見えたけれど、乗ってみるとそれほど揺れることもなく安定していた。

(でも、国王陛下にボートを漕《こ》がせていいのかしらね？)

護衛の一人としてついてきていたクライドが、もう一回り大きい数人乗りのボートにした方がいいと言ったのを、フランシスが断って、この二人乗りのボートを選んだのだ。おかげでクライドは岸に置いてきぼりになって、ボートは国王陛下自らが漕いでいる。

さすがに国王にボートを漕がせるのはどうかと思ったので、エルシーはオールに手を伸ばしながら「わたくしが……」と申し出てみたけれど、「お前には無理だ」と一蹴されてしまった。簡単そうに見えて、なかなかコツと体力がいるらしい。

フランシスがゆっくりとオールを漕いで、ボートは滑るように湖の上を移動している。

湖はそこそこ深く広いのだが、水の透明度が高くて、下を覗き込めば湖底まで見渡せるほどだった。

ゆらゆらと揺らめく水面の底には、ごつごつした大きな黒と青を混ぜたような色に染まった岩肌と、沈んだ木、小魚の姿がある。不思議と、藻や水草などは見当たらなかった。

水面はターコイズブルーのような綺麗な青で、フランシスによれば湖の水に鉱物が含まれているから綺麗な青に見えるのだそうだ。

水の上だからろうか、陸地にいる時よりもひんやりしているのに、日差しがまぶしい。

漕ぎ疲れたのか、フランシスが湖の真ん中のあたりでオールを止めた。

「エルシー。ここに誘ったのはもちろん遊びの意味もあるが、今回の顚末《てんまつ》についてお前にも説明するためだ。人がいる前では大っぴらに話せないからな」

フランシスが真面目な顔をして口を開いた。

「今回の件については事情があって詳細を公にしないことになった。妃候補たちを納得させるため多少の説明は必要だとみているが、本当のことを話す必要はない。だから本来、お前にも話すことではないんだが……関わらせてしまったからな。ほかの妃候補たちにする説明ではお前は納得しないと思ったんだ」

ボートの上で二人きりになったのは、このことを誰にも聞かれずに話すためだったらしい。エルシーに事情を説明することはクライドにも伝えていないそうなので、胸の内にとどめておいてほしいとフランシスは言って続けた。

「まず一つ目はお前が一番気になっているベリンダの件についてだ。ベリンダについては少々複雑で何から説明すればいいのか難しいところだが……、ベリンダは男だ」

「え？」

「正確には、対外的にずっと女として育てられていた男だ。戸籍も女で登録されている。ベリンダが女だと知っているのは彼女――いや、彼の母親と乳母と母親の侍女の一部、そして従妹であるミレーユ・フォレスだけだそうだ」

「ちょ、ちょっと待ってください！」

さすがにわけがわからなくて、エルシーは待ったをかけた。ベリンダの所作は、エルシーのそれよりも圧倒的に洗練されていて女性的だった。静かでおしとやかで、気品があったのだ。それなのにいきなり男性だと言われても、わけがわからない。

「ベリンダの亡き母がベリンダを女として育てることを望み実行に移したそうだ。ベリンダの母はエリンケル国の元王女で、俺の祖父がエリンケルを攻め植民地に置いたあとで、強引にサマーニ侯爵家に嫁がされている。祖父はエリンケル国王夫妻や王子たちは処刑したが、二人いた王女は我が国シャルダンに縁付かせた。ベリンダの母の姉はほかの公爵家に嫁がされたと聞くが、彼女は結婚して間もなく、自ら短剣で喉をかき切って自害したという」

エルシーは国の事情についてはさっぱりわからないのでフランシスがかいつまんで説明したことによると、エリンケル国というのはシャルダン国の南にある国で、二代前の国王の時代に起こった戦争により、シャルダン国の植民地となったらしい。

エリンケル国の名前はそのまま残されているが、現在はシャルダン国がエリンケル国に総督を置き管理していて、国王の名前はフランシスになっているそうだ。エリンケル国の王族の生き残りは、政にすら一切の干渉を許されず、各地に散っている。強引にシャルダン国に嫁がされた王女たち以外については、縁者のもとに身を寄せたのだろうと言っていた。

「ベリンダの母はサマーニ侯爵に嫁がされたが、当時十一歳だったそうだ。侯爵はベリンダの母を離れに隔離して、夫婦らしい生活はほとんど送っていなかったらしい。侯爵はパーティーにはいつも愛妾《あいしょう》を伴っていたからな、実質的な侯爵家の女主人はその愛妾なのだろう。結婚して十数年ほど経ち、ベリンダが生まれたというが、ベリンダが生まれてからも、ベリンダとその母は離れで生活していて、侯爵はほとんど顔を見せなかった。だからこそ、ベリンダの性別を隠し通せたのだと思う」

「でも、どうしてそんなことを……？」

「ベリンダを俺の妃候補として王宮に入れるためだ」

「え!?」

エルシーは声を裏返した。

「サマーニ侯爵家に娘が生まれたら妃候補になるだろうことは、ベリンダが生まれる前から決まっていた。詳しくは言えないが、次にどこの家の娘を妃候補として入れるのかは、王家に男児が生まれた時点で順次話し合われて決められていくんだ。サマーニ侯爵家は王家への貢献度が高く、かなり早くから決まっていた。ベリンダの母が彼を生む前に知っていてもおかしくない」

「でも……ベリンダ様が男の方なら、お妃様にはなれませんよ？　それとも、ベリンダ様は、男だけど男性が好きな方なんでしょうか」

それならまあ、わからなくもない。だが、男同士で結婚しても子供が生まれないから、跡継ぎ問題がついて回るフランシスは困るのではなかろうか。

エルシーが首をひねっていると、フランシスが手を伸ばしてエルシーの指先に触れた。一度頭に向かって手が伸ばされたので、本当は頭を撫でたかったようだが、ボートの上で不用意に立ち上がることもできないから、届かなかったのだろう。

「お前は本当に純粋でいいな。……クラリアーナにも事前にこのことは説明しておいたが、あいつはベリンダが男だと知った時点である程度のことは推測できた」

どういう意味だろう。エルシーが馬鹿だと言いたいのだろうか。さすがにムッとすると、

「違う」と苦笑される。

「思いつかない方がいいんだ。こんなドロドロした物騒なこと、お前には似合わない」

「ドロドロした物騒なこと？」

「ベリンダは俺を殺すために女として育てられたということだ」

「ええ!?」

エルシーは驚愕した。

思わず立ち上がりかけて、ボートが左右に大きく揺れたので、慌ててしゃがみこんで船縁《ふなべり》にしがみつく。

「嫁がされたのが十一歳とはいえ、国を奪われた王女の恨みと言うのは凄《すさ》まじいものがあるらしい。ベリンダによると、ベリンダの母は、シャルダン王家への復讐《ふくしゅう》心だけを糧に生きながらえてきた。ベリンダは物心つく前からシャルダン王家への怨嗟《えんさ》を叩きこまれ、いずれ俺の妃候補として王宮に入り、俺の寵《ちょう》を得て油断させ殺せと言い続けられてきたそうだ。そのためにお前を生んだのだと。自分の子に、よくもそんなことが言えると思う。……これだから女は嫌いだ」

女ではなくベリンダの母が特殊だっただけだろうが、確かにそれはひどい。

エルシーは両手で口元を覆った。

「だが俺は王宮には足を運ばなかった。ベリンダは母の言いつけを守るべく何度も俺に手紙を送り、俺を自分の部屋に来させようとしていたようだが、俺がいつまでも乗ってこないから、別荘にいる間にけりをつけようとしたらしい。結果がこれだ」

もうエルシーには言葉もなかった。茫然としていると、フランシスが一度大きく息を吐き、「ここからがさらに複雑になる」と前置きして続けた。

「問題がややこしくなったのは、ベリンダの計画について、ミレーユが知っていて、彼女が見当違いな方向でベリンダを止めようとしていたことだ」

フランシスは再びゆっくりとオールを漕ぎはじめた。

ボートが湖の上を滑るように動き出し、柔らかで少し冷たい風がエルシーの頬を撫でる。

「ミレーユ・フォレスはベリンダの計画を阻止したかったらしい。国王を暗殺すれば、ベリンダの極刑は免れない。しかしベリンダはいくら言っても計画を変更しようとはしなかった。母親が死んだのに——いや、死んだからこそ、母親の怨嗟が耳に張り付いて、まるでそれだけが自分の生きる意味のように感じていたのだろう。だからミレーユはベリンダを言葉で説得するのをやめて、別の方法を取ることにした」

「別の方法？」

「俺の寵を得ることだ」

「……え？」

うん？　とエルシーが首を傾げると、フランシスが苦笑する。

「俺もどうしてそちらに思考が行ったんだと思ったけれど、ミレーユに言わせれば、俺がミレーユを愛し、彼女を妃に迎えることを決めれば、ベリンダもミレーユの未来の夫を殺そうとはしないだろうと考えたらしい。なんとも突飛な考えだとは思うが、そのせいでクラリアーナに被害があったと思うと、馬鹿馬鹿しいと笑って許すことはできないな」

「どういうことですか？」

「クラリアーナに毒を盛ったのは、ミレーユだ。白状した」

エルシーは息を呑んで固まった。

フランシスの話はこうだ。

あの日、クラリアーナとイレイズがお茶を飲むため、手の空いていたメイドに準備を頼んだ。ちょうど手が空いていたのはミレーユの部屋付きメイドだったエマで、彼女はキッチンからティーセットと一緒に蜂蜜を準備してもらって、クラリアーナのところに運ぶ途中だった。

それをミレーユが呼び止めてエマから事情を聞き、咄嗟に犯行を思いついたという。

「ミレーユは、自分の計画のためには、妃候補の中で一番位が高く、俺の妃の筆頭と呼ばれているクラリアーナや、最近クラリアーナと仲良くしていて、何かと俺の目に留まることが増え

手から奪い取る。

ミレーユはエマが持っていた蜂蜜に目を留めて、自分も欲しいから今すぐに取りに行けと命じた。そして、このティーセットは、自分がほかの誰かに言づけておいてやると言ってエマの手から奪い取る。

奪い取った蜂蜜の瓶の中に毒物を混ぜ、ちょうど姿を見かけたララに言づけたらしい。

「じゃあ……もしかしてその毒物は、薬草園にあったものですか？」

ミレーユを薬草園で見かけたことがあるエルシーの推理に、フランシスは首肯した。

「そうだ。薬草園に植えられていた、ネズミの駆除剤に使う赤い実の植物だ。ミレーユは毒に詳しくなかったがベリンダが詳しかったらしい。ベリンダからその実が毒であることを聞いたミレーユは、何かに使えるかもしれないと思い数粒採取しておいたという。ちなみにそのあとで薬草園を荒らしたのは、トリカブトが抜かれていたのを見つけたからだと言った。ベリンダは毒に詳しい。もしかしてベリンダがトリカブトを抜いたのではないかと考えたミレーユは、彼女――いや、彼に嫌疑がかからないようにカムフラージュするため、薬草園を荒らしたそうだ。ちなみにその勘は当たっていて、短剣にはトリカブトの毒が塗られていた。かすったくらいならしびれるだけですんだだろうが、まったく、お前が怪我をしていなくてよかった」

その短剣に火かき棒で応戦していたエルシーはぞっとしたが、しびれるだけと聞いて、死なないのならまあいいかと聞き流すことにした。結果的にエルシーもフランシスも無事だったのだからそれでいい。

「不幸中の幸いだったのは、ミレーユにクラリアーナを殺す気まではなかったことだろうな。ベリンダからその赤い実が猛毒だと聞いて、大量に使うのをためらったようだ。おかげで致死量には至らなかった」

フランシスは空を見上げて嘆息した。

「まったく、恐ろしいことを考えるものだ。女は自分の目的のために他人を傷つけることも、子供を道具のように使うことも——不要になったら殺すことだって厭《いと》わない」

「そんなことは——」

「もちろん例外がいることは知っている。だが、こういうことがあると、どうしても思い出してしまうから……うんざりだ」

フランシスはオールを漕ぐのをやめて、ぐしゃりと髪を乱した。

「——俺も殺されかけたことがある。王太后に——実の、母親に、首を絞められて、な」

フランシスのつぶやきは小さなものだったのに、一瞬、エルシーの耳に入る音が彼の声を除いてすべて消えたような、気がした。

フランシスは重たい息をつくと、「聞きたいか？」とかすれた声で訊ねてきた。

聞きたいかと問われれば聞きたい。直感だが、それはフランシスの女性への苦手意識を芽生えさせた最初の出来事のような気がしたからだ。

でも、聞いてもいいのだろうか。表情を見れば、この過去がフランシスにとってどれだけつらいものかわかるから、エルシーはためらってしまう。

エルシーの躊躇《ちゅうちょ》が伝わったのか、フランシスはふっと笑って、オールを漕ぐのを再開しながら、世間話でもするような気安さで口を開いた。

「俺がまだ十歳のときのことだ。王太后は特別優しい母というわけでもなかったが、俺はそれなりに母を慕っていたし、母も俺のことを疎んじてはいないと思っていた。だけど十歳のある夜……」

フランシスはそこで一度言葉を区切ると、わずかに俯く。

「夜に息苦しさを覚えて目を覚ました俺が見たのは、泣きながら俺に馬乗りになって、首を絞めている母の姿だった。俺は叫び声を上げて、力いっぱい母を突き飛ばした。首を絞められた苦しさや痛みよりも、母が俺を殺そうとしていたことの方が衝撃だった。俺の声にすぐに衛兵が部屋に飛び込んできて、俺はすぐに母から引き離された。数日経って、滅多に姿を見せない父が俺に言ったことには、母は精神を病んでいるからしばらく療養させるということだった。だがそんな言葉で、実の母に首を絞められた心の痛みが晴れると思うか？　俺はすっかり自分の殻に閉じこもるようになって、そんな俺は父のすすめで——いや、ここから先は関係のない話になるからやめておこう」

ぽつぽつと静かな声で語られる内容の衝撃に、エルシーは言葉もなかった。

「母親でさえ裏切るんだ、血のつながっていない女どもなんて信用できると思うか？　あ、いや……もちろん、お前のことは信用しているし、その……」

「無理しなくてもいいですよ？」

フランシスがエルシーに心を許していることは、エルシーにも自覚がある。アップルケーキの効果なのかどうなのか、エルシーが「エルシー」だと気づかれたあたりから――フランシスと関わりはじめてほぼ最初のあたりから、彼はエルシーに気を許していた。

だけど、だからと言って、完全に信用することはできないだろうと思う。「女性」とひとくくりにしてしまうのはどうかと思うけれど、それだけの過去があったのだ、そう簡単に考えは変わらないし変えられない。こういうのをトラウマだというのだと、ずっと昔にカリスタに教えられたことがある。それがいつだったのかは、思い出せないけれど。

「……無理はしていない。エルシーは、大丈夫なんだ」

フランシスは顔を上げ、真剣な顔でエルシーを見つめた。

「なあエルシー。セアラ・ケイフォードと入れ替わらずに、このままずっと王宮にとどまる気はないか？　お前が望むなら、俺がなんとかしてやれる。だから……だから――」

フランシスの綺麗な緑色の瞳が、今日の湖の水面のように青いエルシーの瞳を絡めとる。

「ずっと俺のそばにいないか？」

エルシーは驚いて目を見開いた。

エルシーは身代わりだ。セアラの顔の痣が治るまでの、たった三か月ほどの身代わり。エルシーには帰る場所がある。だからフランシスのそばにはずっといられないし、ずっと彼のそばにいる未来を考えたこともなかった。

セアラと無事に入れ替わったら修道院に戻って、シスター修行を再開する。そしてゆくゆくはシスターとなり、グランダシル神のお嫁さんになる。それがエルシーの夢で目標だ。

だのに、どうしてか、ぐらりと心が揺れたのがわかった。

そんな自分の思考とは想定外の動きをする心に戸惑って、エルシーがすぐに答えを返せないでいると、フランシスが続けた。

「お前は修道院に戻りたいのか？　どうしても？　礼拝堂が好きならいくらでも礼拝堂に通い詰めていいし、掃除だって好きにすればいい。お前の心を守る場所なら俺にだっていくらでも用意してやれるし、文句を言うやつを黙らせる力もある。それでも、ダメか？」

ダメなのではない。困るのだ。エルシーには帰る場所がある。今まで育ててくれたカリスタには返せないだけの恩があって、姉のように優しいシスターたちや、弟妹のように可愛い修道院の子たちも待っている。帰らなければいけない。帰らなければ……。エルシーは、実の父であるヘクター・ケイフォードが言うには、死んだ娘で、この世にはいない存在だから――修道院の中だけがエルシーが生きていることを許してもらえる場所なのだ。

「わた、し……シスターに、なりたいんです」

からからに乾いた口で、エルシーは絞り出すように言葉を紡いだ。

「シスターになって、神様のお嫁さんになって……わたしのように帰る場所のない子供たちを育てて、幸せにしてあげたいんです」

カリスタが、エルシーにしてくれたように。

修道院に来たばかりのころ、エルシーは泣いてばかりだったそうだ。そんなエルシーに寄り添って導いてくれたのはカリスタで、エルシーは将来カリスタのようになりたいと思うようになった。

修道院から出ることが叶わなかったからシスターになろうと思ったのもあるけれど、でも、カリスタのようになりたいと思った気持ちは本物で、今更別の選択肢が提示されても、本当に困る。

迷いたくないのだ。悩みたくない。迷うこと、悩むこと自体が、罪のような気がするから。

フランシスは優しいし、クラリアーナやイレイズとも仲良くなった。ダーナとドロレスもとても親切だ。みんなのそばは、エルシーにとって居心地のいい場所になりつつある。だからこそ、惑わすようなことは言わないでほしかった。

エルシーが苦しそうに眉を寄せたからか、フランシスが苦笑して首を横に振った。

「悪かった。……今のは忘れてくれ」

すっと、あっさり引いたフランシスに、エルシーは驚くと同時に少し淋しさを覚えてしまった。そんな自分にやっぱり戸惑って、エルシーはふるふると首を小刻みに横に振ると、頭の中の雑念を追い払った。

「エルシー、もう一周するか？」

話しながらだったから、すでに湖を二周している。フランシスの手は疲れていないのだろうかと心配になったが、もう少し湖の上でフランシスと話していたい気になったエルシーは、遠慮がちに頷いた。

「……もう一周、したいです」

その直後、ふわりと笑ったフランシスが、空から降り注ぐ日差しのようにまぶしくて、エルシーはちょっぴりどきどきしてしまったのだった。

エピローグ

イレイズへの嫌疑は晴れて、ベリンダとミレーユはそれぞれフランシスの妃候補から外されることとなった。

エリンケル国の元王族の血を引くベリンダが起こした事件はできれば公にはしたくないとのことで、彼が起こした事件の大筋については伏せられることとなったが、クラリアーナに毒を盛ったミレーユについては詳細を伏せておくことはできず、近いうちに公に裁かれるだろうとのことだった。

ベリンダについても、詳細が伏せられるだけで罪がなくなるわけではないので、彼にも近いうちに相応の罰が下ることになるだろう。

そしてグランダシル像が壊された礼拝堂の件だが、あれは思わぬ形で詳細が判明することとなった。

というのも、あのグランダシル像を壊したのはベリンダらしいのだ。

それを聞いた瞬間、エルシーの脳裏に「報復」というシスターにあるまじき物騒な単語がよぎったけれど、詳細を聞くうちに、竹ぼうきで殴って反省させるのはやめておこうという結論に至った。

なんでも、礼拝堂の祭壇の奥の床には、昔使われていた地下室の扉があるのだそうだ。

その地下室は滅多に開かれることがないらしいのだが、そこには戦女神《ヴァルキュリア》を祀った祭壇があるという。

この地で災いが起こったときなど、戦女神《ヴァルキュリア》の怒りを鎮めるために使われる祭壇だそうで、ミレーユ経由でその存在を知ったベリンダは、人が来ないならと身を隠す場所に使うことにした。

地下の扉を開けるためには祭壇の下に敷かれた絨毯を剝がなければならず、その際にグランダシル神の像を動かそうとして誤って転倒させ、壊してしまったのだそうだ。

グランダシル神の像が壊されたことは非常に腹立たしいが、わざとでないなら仕方がない。

ミレーユとベリンダは一足先に移送されて、数日後、エルシーたちも王宮へ向けて帰途につくこととなった。

スチュワートは気さくに「またおいで」と言ってくれたけれど、エルシーがここに来ることはもうないだろう。物騒な事件が起こってしまったが、ここ自体はとても過ごしやすい素敵なところだったからまた来たい気がするが、それは叶わない。

来たときと同じ日数をかけて王宮に戻ると、庭ではタンポポがいい感じに成長していた。採取したタンポポの根のストックがなくなるころには大きくなっているだろうが、そのころにはエルシーも王宮を去っているころだ。せっかく種をばらまいたが、無駄になってしまった。

（さてと、持って行った荷物を鞄《かばん》から出して、洗濯が必要なものは洗ってしまいましょう！）

まだ正午を少し過ぎたばかり。夏の日差しの下では洗濯物もすぐに乾くので、今洗っても夕方には乾いているだろう。

エルシーは、片づけをダーナとドロレスにお願いして、洗濯物を抱えて裏庭に回った。

井戸から水を汲み上げて、一枚一枚を丁寧に洗い、裏庭に渡している太いロープに干していく。

「うーん！　久しぶりの洗濯は気持ちがいいわ！」

一仕事終えて、額に浮かんだ汗を拭っていると、ダーナが姿を現した。

「お妃様、実家からお手紙が届いていましたよ」

「え？」

実家、と言われてもすぐにはピンとこなかったが、「セアラ・ケイフォード」の実家ならばケイフォード伯爵家からに決まっていた。

エルシーは洗濯の際につけていたエプロンを外して、ダーナから手紙を受け取った。

王宮に届く手紙は検閲されるから一度封が開けられている。届いた日にちが隅の方にメモ書きされていた。六日前に届いた手紙だった。

封筒から手紙を取り出して見れば、飾り気のない白い便箋に、筆跡の強い字が並んでいた。

案の定、ヘクター・ケイフォードからだ。

内容はごく簡潔なものだが、読み終えたエルシーは無意識のうちに長いため息をついていた。

検閲が通るから、手紙は「セアラ」に向けて書かれているが、要約すれば「里帰りの日に帰ってくるように。約束のものを用意して待っている」というような内容だ。

約束のものを用意と遠回しなことを言っているが、予定通りセアラと交代するという認識で間違いないだろう。

里帰りの申請がはじまるのは十日後。移動日数によって許される期間は変わるけれど、誰もが実家に一、二週間ほど滞在できるように日数が組まれる。申請すれば一日、二日で許可が下りると言うから、この王宮で生活するのは長くてもあと二週間ばかりのことだろう。

(もうすぐみんなとお別れね……陛下とも)

セアラがエルシーだと知っているのは、フランシスとクラリアーナの二人だけ。最後にきちんとお別れが言いたいけれど、どうだろう、あまり周囲に不審がられることはしない方がいいのだろうか。

エルシーは裏口から部屋に入ると、二階の自室でヘクターへの返信を書くことにした。

――里帰りの日に帰ります。

その一言を書くのに、ものすごく時間がかかってしまったのが、自分でも意外だった……。

あとがき

こんにちは、狭山《さやま》ひびきです。「元シスター令嬢～」２巻をお手に取ってくださりありがとうございます！

この本が出るのは７月ですね。学生の方は夏休み間近でドキドキわくわくされている頃でしょうか。そろそろ旅行でも……と考えられている方もいらっしゃるかもしれませんね。私もここ数年地元から出ていないので、そろそろどこかへ遊びに行きたいなと思って、この前旅行のパンフレットを眺めておりました。エルシーのように、湖のある避暑地に行きたいですが、実現できるのかはまだわかりません。

さて、ここからは少々内容に触れますので、ネタバレがお嫌な方は先に本編をお楽しみください。

２巻でもエルシーは元気いっぱいに周囲を振り回しております！　そして、ＷＥＢ版をお読みの方はお気づきかもしれませんが、担当様のアドバイスでエルシーたちのお料理タイムが拡張されました（笑）。きゃっきゃうふふの女の子三人のお料理タイムは書いていてとても楽しかったです。そしてなんとこのお料理タイムは口絵にもしていただけましたので、ぜひ、とってもかわいいエプロン姿のエルシーたちをご堪能《たんのう》くださいませ！

ちなみにこの2巻を書くにあたり、毒の辞典なるものを購入しました（レジのお姉さんは、にこにこと毒の辞典を持ってきた私のことを、さぞ怪しい人間だと思ったことでしょう）。そして気合を入れてうきうきと毒について詳しく書こうと思った私でしたが、だんだん物語の趣旨が変わっていくような気がして……結局断念。クラリアーナに盛られた毒について、〇〇という植物の××という毒性がうんたらかんたら～致死量は～とかやりはじめると、これは何の作品だよという感じになりまして、はい。この手の作品での毒物は、ふわっとさせておくのが一番いいのだということに気が付いた次第です（せっかく買ったので、毒の辞典はまたどこかで活用しますが！）。

あ、ちなみに、毒の辞典を読んで知ったのですが、昔の推理ドラマや漫画でよく出てくる青酸カリは、毒殺には不向きらしですよ。だから最近のドラマや漫画ではその名前が出なくなったんですね、と一人納得しておりました。

……って、毒の話ばっかりしてとってもあやしいあとがきになってきたので、そろそろ明るいお話をしようかな。

毒の辞典もそうですが、私、最近参考文献を買うのにはまっているんです。気になったものは「仕事だから～」と自分に言い訳して買いあさっておりまして、その中で特に気に入ったものが水木しげる先生の「日本妖怪大全」です。妖怪ってあんなにたくさんいたんですね。想像以上の数で、びっくりしてしまいました。しかも、全ページに水木先生のイラスト付き！　これは一生の宝物です。千ページもあるのでまだ全部読み終わっていないのですけど、たぶん読んでも覚えられない（笑）！　ずっと楽しめる本だなと思っています。鬼や妖怪が出てくる話も書きたいので、その時に参考にさせていただこうと思っています！　鳥取県にある水木しげる記念館にも行きたいな〜！

さてさて、それではそろそろ語ることも尽きてまいりましたので、このあたりで閉めさせていただこうと思います。

1巻に引き続き、とってもかわいいエルシーたちを描いてくださいました、しんいち智歩《ちほ》先生！　2巻の涼し気なエルシーもすっごく素敵でした!!　ありがとうございました!!

そして、担当様をはじめ、この本の制作に携わってくださいました皆様、なにより、この本を手に取ってくださいました読者の皆々様、本当にありがとうございます!!　本作のコミカライズが5月末から少年エースプラス様でスタートしているので、こちらも合わせて、引き続きエルシーをどうぞよろしくお願いいたします！　ちなみにマンガは白渕《しろぶち》こみ先生が描いてくださっていて、これがまたすっごく可愛《かわい》いのです〜！

それでは、またどこかでお逢《あ》いできることを祈りつつ。

電撃の新文芸

元《もと》シスター令嬢《れいじょう》の身《み》代《が》わりお妃《きさき》候《こう》補《ほ》生《せい》活《かつ》2
～神様《かみさま》に無礼《ぶれい》な人《ひと》はこの私《わたし》が許《ゆる》しません～

著者／狭山《さやま》ひびき
イラスト／しんいし智歩《ちほ》

2023年7月17日　初版発行

発行者／山下直久
発行／株式会社ＫＡＤＯＫＡＷＡ
〒102-8177　東京都千代田区富士見2-13-3
0570-002-301（ナビダイヤル）
印刷／図書印刷株式会社
製本／図書印刷株式会社

【初出】……………………………………………………………………………

本書は、「小説家になろう」に掲載された『幼少期に捨てられた身代わり令嬢は神様の敵を許しません』を加筆、訂正したものです。
※「小説家になろう」は株式会社ヒナプロジェクトの登録商標です。

ISBN978-4-04-915030-8　C0093　Printed in Japan

ファンレターあて先
〒102-8177
東京都千代田区富士見2-13-3
電撃の新文芸編集部

「狭山ひびき先生」係
「しんいし智歩先生」係